QUEIMADO PELO AMOR
ROMANCE MM DE FOGO LENTO

HAYDEN TEMPLAR

QUEIMADO PELO AMOR

Direitos autorais © 2024 por Hayden Templar

Todos os direitos reservados.

Nenhuma parte deste livro pode ser reproduzida de qualquer forma ou por quaisquer meios eletrônicos ou mecânicos, incluindo sistemas de armazenamento e recuperação de informações, sem permissão por escrito do autor, exceto para o uso de breves citações em resenhas de livros.

Copyright © 2024 by Hayden Templar

All rights reserved.

No part of this book may be reproduced in any form or by any electronic or mechanical means, including information storage and retrieval systems, without written permission from the author, except for the use of brief quotations in a book review.

KEAT

Keat desabou na poltrona surrada da sala de descanso, sentindo o cansaço penetrar em seus ossos.

A fadiga pesava sobre seus ombros largos, resultado do extenuante turno de 48 horas que ele acabara de enfrentar como bombeiro.

As luzes fluorescentes piscando acima dele lançavam um brilho pálido, dando ao ambiente um clima monótono e estéril.

Ele pensou em fazer algo útil, como trocar as lâmpadas, mas ficou ali paralisado, cansado demais para mover um músculo sequer.

Tinha sido um turno excepcionalmente movimentado para Keat, preenchido não apenas com a luta incessante contra incêndios furiosos, mas também com múltiplas responsabilidades além do âmbito do combate às chamas.

Desta vez, ele fora encarregado da tarefa crucial de manter os aparelhos de combate a incêndio e supervisionar os equipamentos médicos.

Keat encontrou obstáculos inesperados após verificar os equipamentos de combate a incêndio, certificando-se de que estavam em ótimo estado. No entanto, o mesmo não podia ser dito dos suprimentos médicos.

Havia alguns medicamentos faltando e equipamentos danificados que precisavam ser substituídos com urgência.

Isso exigiu que ele se arrastasse até diferentes clínicas porque os medicamentos estavam em falta.

Ele teve que ir a quatro lugares diferentes para completar os kits novamente, o que o irritou por causa dos engarrafamentos.

Gerenciar tanto as tarefas de combate a incêndio quanto as substituições o deixou exausto. Ele esperava que fazer compras no supermercado para a corporação tivesse sido sua tarefa. Teria sido muito mais fácil, já que só exigia uma caminhada até o mercado mais próximo.

Enquanto estava sentado ali, encharcado de suor e com o rosto manchado de sujeira, Keat se permitiu um momento de descanso.

Ele fechou os olhos, deixando seu corpo cansado afundar no conforto da poltrona. Havia alguns sons fracos de fundo vindos do quartel de bombeiros.

Ele ouvia as risadas de seus companheiros e o ocasional chiado de pneus dos veículos que passavam.

O pequeno santuário dentro das paredes caóticas da

corporação era seu oásis, e todos os outros homens o apreciavam, mesmo que apenas por alguns momentos roubados.

Ele sorriu ironicamente porque essa era a imagem projetada dos bombeiros; homens sentados ao redor de uma mesa, jogando, com muito tempo livre e muita camaradagem.

A realidade era bem diferente. Era mais parecida com aquele momento que ele estava vivenciando.

Com os olhos ainda fechados, Keat refletiu sobre os anos que o moldaram no bombeiro cansado que ele se tornara.

As inúmeras emergências que enfrentara, as vidas que salvara e as vidas que tragicamente perdera, cada experiência havia deixado sua marca em sua alma.

Ele testemunhara repetidamente o poder devastador da fúria da natureza, e isso nunca deixava de surpreendê-lo.

Seus companheiros bombeiros confiavam nele, assim como a comunidade que ele servia. Ser bombeiro na Califórnia podia ser perigoso, especialmente quando os incêndios florestais se enfureciam.

A temporada estava começando, então ele sabia que haveria mais dias como aquele.

A porta da sala de descanso rangeu ao abrir, quebrando a calma do momento solitário de Keat. Ele abriu os olhos para ver o rosto cansado, mas alegre, de seu colega, Liam, que também estava prestes a terminar seu turno.

Os olhos de Liam estavam cansados, assim como os

de Keat. Ele tinha certeza de que ambos estavam ansiosos pelas próximas 96 horas de folga.

— E aí, Keat — Liam cumprimentou com voz rouca, seu cansaço palpável. — Turno longo, hein?

Keat assentiu, oferecendo um sorriso cansado. — É, daqueles para entrar para a história, com certeza. Mas conseguimos passar por ele.

Liam puxou uma cadeira ao lado de Keat e soltou um suspiro. — Sabe, às vezes me pergunto como você consegue ficar tão composto, especialmente durante esses turnos de incêndios sazonais. É como se você tivesse uma reserva infinita de força.

Keat riu baixinho, seus olhos cansados se iluminando com um toque de orgulho.

— Não se trata de ser super-humano, Liam. É questão de resiliência. Além disso, eu não dedico meu tempo livre a festas e procurando a próxima pessoa para estar na sua montanha-russa, e quero dizer isso do jeito que soa.

Ambos riram porque era verdade. Liam havia conquistado para si uma reputação proeminente entre a unidade como um mulherengo.

Liam assentiu enquanto erguia as mãos em reconhecimento, seu olhar fixo no piso de linóleo gasto. — Você tem razão, mas eu tenho que compensar sua ausência.

— Fique à vontade.

— Por falar nisso, você precisa encontrar um jovem atrevido para subir no seu mastro. — Liam soltou uma risada debochada e fez um gesto grosseiro que fez Keat rir em resposta.

Keat pegou uma almofada pequena e a jogou em Liam, que se esquivou e saiu correndo pela porta, sua risada ainda ecoando.

Keat se levantou então e avaliou seu corpo robusto. Sua alta estatura chamava a atenção, com cerca de 1,88 metro.

Os ombros largos eram resultado de anos carregando equipamentos pesados e resgatando pessoas e animais das garras do perigo.

Cada músculo de seu corpo parecia esculpido e definido, um reflexo do condicionamento físico necessário para se destacar em sua profissão.

Todos tinham que fazer isso, e nos dias de atividade física no parque, frequentemente havia pessoas admirando os caras em forma. Suas feições cinzeladas exibiam uma força e coragem difíceis de ignorar.

Seu cabelo escuro caía sobre a testa e emoldurava seu rosto bonito, acrescentando um charme rústico.

As maçãs do rosto fortes e proeminentes eram enfatizadas pela barba por fazer que dava uma pista do ritmo agitado e extenuante de sua rotina diária.

Os olhos castanhos de Keat, profundos e intensos, irradiavam tanto calor quanto tranquilidade. O pacote completo era irresistível tanto para homens quanto para mulheres, e ele sabia que faria um tremendo sucesso se fosse bissexual.

Mesmo em serviço, Keat sempre parecia sexy sem

esforço. Se quisesse, poderia encontrar muitas pessoas para se divertir, mas se considerava um homem gay desinteressado.

Além de suas obrigações como bombeiro, ele preferia passar seu tempo livre ajudando outros seres necessitados. Há vários anos, ele havia se envolvido com um abrigo de animais.

Ele se voluntariava no abrigo uma vez por semana e logo se tornou conhecido como um de seus apoiadores mais dedicados.

Ele fornecia apoio financeiro para suprimentos médicos e comida para os animais e até levava alguns para casa de vez em quando como um lar temporário.

Ele frequentemente trazia guloseimas ou brinquedos para os gatos e cachorros quando visitava, o que rapidamente o tornou popular entre a equipe do abrigo.

Havia alegria nisso porque os animais não esperavam nada além de amor dele. Ele frequentemente se perguntava se os animais o ajudavam mais do que ele os ajudava. Suspeitava que fosse verdade.

Keat enfrentou hostilidade no início de sua carreira como bombeiro devido à sua abertura sobre sua sexualidade.

Alguns membros da equipe não estavam dispostos a aceitar que ele era gay e tentaram dificultar sua vida, mas Keat nunca recuou e se recusou a esconder quem era.

Sua ética de trabalho impecável lhe rendeu reconhecimento e respeito dos outros bombeiros, que finalmente deixaram de lado seus próprios preconceitos e o abraçaram totalmente como um deles.

Ele logo se tornou um membro essencial da equipe, conhecido por sua bravura e habilidade em situações de alto risco. Houve um resistente que se transferiu para outra unidade. Ninguém ficou realmente triste em vê-lo partir.

Seu melhor amigo, Sam, que era bombeiro como ele, estava em um casamento amoroso com três filhos e o instava a encontrar alguém especial.

Keat ansiava por encontrar alguém com quem pudesse se conectar em um nível mais profundo e apreciava o encorajamento de Sam após a hesitação inicial. Ele era amigo dele há mais anos do que gostava de lembrar.

No passado, Keat havia tentado namorar de forma fraca. No entanto, achava muito cansativo e frequentemente se via combinado com pessoas que não tinham interesses em comum.

Depois de chegar a um ponto de exaustão, ele pôs fim à ideia e, em vez disso, encontrou alegria e conforto em sua nova família, Sam e sua família, e as maravilhas de quatro patas.

Keat esteve presente durante o namoro e o eventual casamento de Sam com sua esposa e esteve presente em todos os nascimentos dos filhos, e eles o adoravam tanto quanto ele os adorava.

Ele passava grande parte de seus dias de folga com as crianças, levando-as para encontros ou jogando videogames. Keat gostava de fazer parte da família, embora ansiasse por algo que fosse unicamente seu.

Ele estava contente com sua vida e a família amorosa, mas não seria avesso a encontrar o amor.

Haveria uma mudança no comportamento das pessoas em relação a ele se seu segredo fosse descoberto?

AIDEN

Aiden estava na borda do pátio, observando as pessoas que se misturavam sob o sol do fim da tarde.

Ele havia sido convidado para essa reunião da elite pela primeira vez e se sentia deslocado.

Sua roupa, embora cara, parecia simples em comparação às roupas de grife que via ao seu redor. Ele era uma curiosidade na reunião, mas não se desculpava por isso.

Sentia que esse era o mundo ao qual pertencia e estudaria e observaria seus costumes até que se tornassem naturais para ele.

Crescendo na pobreza, Aiden sempre olhou de fora para o mundo dos ricos. O desejo de fazer parte dele nunca o abandonou. Naquele momento, ele estava mais perto de alcançar seu objetivo do que jamais havia se sentido antes.

Com profundo interesse, ele observava o mar de

pessoas no quintal fechado, analisando seus comportamentos e as palavras que falavam, tudo para entender o que era necessário para se tornar um deles. Ele absorvia tudo como uma esponja.

A parede invisível entre ele e eles era algo que ele podia sentir, e percebeu que para ser aceito no mundo deles, teria que derrubá-la.

Ele se apoiou no corrimão na borda do pátio, observando a atmosfera animada.

Risadas agudas e conversas preenchiam o ar enquanto as pessoas se misturavam e desfrutavam da reunião luxuosa. O tilintar de copos e música suave proporcionavam um fundo relaxante para as festividades da noite.

Perdido em seus pensamentos, Aiden balançou o braço, sem perceber as consequências daquele pequeno movimento.

Sua mão colidiu com uma vela, causando uma faísca inesperada quando atingiu uma cadeira próxima. As chamas se espalharam, devorando tecido e móveis, e até algumas árvores nas proximidades.

O tempo pareceu se distorcer enquanto o caos irrompia ao redor de Aiden. As pessoas entraram em pânico e correram em todas as direções, pegando o que podiam para impedir o fogo de se espalhar.

O coração de Aiden batia forte em seu peito enquanto ele permanecia imóvel, seus olhos fixos no desastre crescente que havia causado.

A cena se desenrolava diante dele como um pesadelo, o cenário luxuoso dando lugar a uma névoa de fumaça ondulante e chamas tremeluzentes.

Os sons de urgência e angústia se misturavam com o crepitar da madeira queimando, criando uma sinfonia sinistra de caos.

Aconteceu em um instante, e ele só pôde observar enquanto o fogo saía de controle. Ele até viu alguns jogarem suas bebidas no fogo, o que só o estimulou ainda mais.

Os convidados gritavam de choque e pânico enquanto se apressavam para se afastar das chamas. Aiden olha ao redor surpreso quando uma chama irrompe de seus pés.

Para onde quer que olhasse, uma névoa de fumaça preenchia o ar e ele podia senti-la ao respirar.

Ele se forçou a se mover, mas ficou paralisado ao ver algumas almas corajosas se esforçarem para apagar o incêndio, desistirem e então fugirem.

Foi um acidente, mas ele não pôde deixar de sentir que havia algo mais, como se o próprio destino tivesse conspirado contra ele. A mensagem era que ele não era bem-vindo no espaço deles.

Ele queria ir embora sem que ninguém o visse, mas seus pés estavam grudados no chão, então seu desejo não foi atendido e o medo preencheu seu coração. Seu objetivo era evitar se queimar ou, pior ainda, morrer.

Ele captou uma visão de cor pelo canto do olho e viu alguém que fez seu coração disparar e palpitar descontroladamente. Não era uma aparição, mas um homem que o deixou de joelhos fracos.

Aiden observou enquanto o bombeiro avançava pelas chamas caóticas como nos filmes.

Seu rosto estava obscurecido por um capacete de face completa, e seu corpo coberto por um traje resistente ao fogo de um amarelo brilhante.

Ele se movia com confiança, uma aura de autoridade o cercando enquanto avaliava a cena diante dele. O rosto era forte e atraente pelo pouco que Aiden podia ver.

Os ombros largos se tensionaram quando ele avistou Aiden, ainda parado no meio do inferno furioso.

Sem um momento de hesitação, o estranho alto e robusto entrou em ação, como se determinado a resgatá-lo do perigo iminente.

O estranho fechou a distância entre eles, navegando através do caos com agilidade. O tempo pareceu desacelerar quando ele alcançou Aiden, seus braços musculosos o envolvendo.

A tontura o dominou, suas pernas ficaram bambas, e ele se sentiu afundando no chão.

Em um movimento rápido, o bombeiro o pegou nos braços sem esforço, carregando-o para longe das chamas.

Aiden ficou surpreso, seu coração acelerado não apenas pela intensidade do fogo, mas também pelo encontro inesperado.

Enquanto se moviam através das brasas e de volta pela casa, ele não pôde deixar de notar o charme inegável deste herói misterioso.

Aiden se viu nos braços do estranho alto e sexy, que havia arriscado tudo para resgatá-lo.

Seu coração batia forte no peito devido à atração magnética que sentia pelo bombeiro enquanto olhava para cima, para o olhar intenso, uma mistura de gratidão e curiosidade despertando muitas emoções dentro dele.

O homem não o colocou no chão até que estivessem longe da casa e em uma área isolada de todas as sirenes e da comoção que estava acontecendo imediatamente fora da mansão.

— Você está bem? — perguntou o estranho depois de tê-lo deitado na grama.

Aiden respirou fundo, sua voz impregnada de admiração e apreciação, mesmo enquanto tossia. — Obrigado.

O estranho tirou o capacete e exibiu um sorriso encantador, seus traços atléticos suavizados pelo brilho tremeluzente do fogo.

— Não precisa me agradecer — sua voz o hipnotizou com uma mistura de confiança e segurança. — Só fico feliz por ter conseguido tirar você de lá a tempo.

Aiden então pôde ver seu salvador e o que viu o agradou muito, sentindo seu pau se contorcer. O homem alto e gostoso o intrigou.

Havia um magnetismo inegável que atraía Aiden, uma conexão não dita que lhe parecia poderosa. Cada pelo de sua pele parecia se arrepiar.

Era uma fusão de emoções, sua gratidão misturada com desejo, e isso intensificava tudo.

Isso só acontece nos filmes, não é?

KEAT

Keat, o bombeiro experiente, tinha acabado de encerrar seu turno quando chegou uma chamada sobre um incêndio em uma mansão chique nas proximidades.

Seu superior imediatamente mandou que ele se equipasse. Ele adorava trabalhar com pessoas que sabiam se virar, e Keat se encaixava nessa descrição, além disso, estavam com poucos funcionários naquele dia.

Em minutos, com as sirenes ligadas, eles estavam a caminho e, quando chegaram ao local, a maioria dos convidados já havia sido evacuada.

A verificação obrigatória foi realizada, mas quando Keat estava saindo, notou uma figura paralisada com as chamas lambendo ao seu redor.

Não era uma visão incomum para ele. O fogo trazia medo a muitas pessoas. Ele se aproximou para ajudar, com a intenção de guiá-lo para fora.

Mas, ao alcançá-lo, o homem desmaiou e Keat instintivamente o pegou e o jogou sobre os ombros, carregando-o para o ar livre.

Saindo da mansão, Aiden se mexeu em seus braços, e quando Keat olhou em seus olhos, pôde sentir o medo e o terror avassaladores que haviam tomado conta de seu ser.

Ele queria ajudá-lo, mas o que poderia fazer? Não podia muito bem dar-lhe o beijo da vida, que era o que ele queria fazer.

Tudo o que sabia era que naquele momento, toda a sua atenção havia sido atraída para o homem em seus braços. Havia algo nele.

Ele tinha cabelos escuros como os seus, e mesmo que sua estatura fosse esguia, podia sentir os músculos que indicavam alguém que se exercitava com frequência.

Os cílios eram os mais longos que já tinha visto, e o estranho era quase tão alto quanto ele. Havia uma vulnerabilidade nele que o fazia se sentir como um protetor.

Keat lutou para não ficar olhando para os tais músculos enquanto seu pau enrijecia. Ele sabia que sentia calor, e não era do fogo. Esse cara era gostoso, e ele se sentia um pouco culpado por seus pensamentos naquele momento.

Keat sabia que deveria colocar o homem no chão o mais rápido possível e voltar ao trabalho, mas não conseguia se forçar a fazê-lo.

Em vez disso, carregou a vítima para longe da cena

do incêndio e a levou para um lugar mais seguro onde ele pudesse se acalmar e relaxar.

Então, ainda o embalando, caminhou até uma área sombreada e tranquila, e Keat colocou o homem no chão com cuidado e olhou novamente para os olhos azuis profundos.

Havia uma conexão avassaladora entre eles, uma sensação que fez seu coração pular uma batida.

Ele rapidamente afastou os pensamentos, sabendo que eram inadequados dadas as circunstâncias.

No entanto, por mais que tentasse, não conseguia se livrar da poderosa atração que sentia pelo homem que estava diante dele.

Algo o fez estender a mão e segurar a dele em um abraço reconfortante.

O mundo ao redor deles desapareceu, deixando-os naquele momento elétrico que ficaria para sempre gravado em seu coração.

Não é nada além do que eu faria por qualquer outra vítima. Claro.

O estranho olhou para Keat com gratidão nos olhos, e Keat sentiu seu coração se partir em um milhão de pedaços ao derreter. Ele sorriu então e disse suavemente:

— Ah... que bom que você está parecendo melhor.

Ele olhou para o céu, sentindo um imenso alívio por ter salvado mais uma vida naquela noite, especialmente uma vida envolta naquele corpo sexy.

Tinha que ser isso, e ele se esforçou muito para acalmar as palpitações do seu coração.

Keat também notou o leve tremor no corpo de Aiden e sabia que ele ainda estava assustado. Gentilmente o ajudou a se levantar, e quando o capacete de Keat caiu, Aiden pôde então ver os olhos deslumbrantes.

Em um instante, ele ficou cativado e sentiu uma atração quase avassaladora pelo estranho.

Keat se aproximou de Aiden e colocou o braço em volta de seus ombros de forma reconfortante. Aiden relaxou um pouco mais então, mas se recusou a falar sobre o incêndio quando ele perguntou sobre o que havia acontecido na mansão.

Ele simplesmente murmurou algo sobre estar no lugar errado na hora errada, e Keat deixou para lá. Ele estava apenas feliz que não houvesse baixas. Todo o resto poderia ser substituído.

Keat e Aiden finalmente quebraram o gelo, apresentando-se um ao outro depois de alguns momentos de silêncio constrangedor.

Ambos coraram, sentindo-se bastante envergonhados por sua súbita onda de atração um pelo outro. Keat tomou a iniciativa e perguntou a Aiden se ele gostaria de dar uma caminhada com ele para se afastar do caos do incêndio. Seu turno já havia acabado de qualquer forma.

Aiden concordou ansiosamente, e eles começaram a caminhar juntos por uma rua próxima. Ambos acharam fácil conversar; Keat falou sobre seu trabalho como bombeiro, enquanto Aiden falou sobre seus estudos e seu emprego atual, embelezando um pouco para impressionar.

As conversas logo se tornaram mais pessoais; eles compartilharam histórias de relacionamentos passados e medos que os seguravam na vida. Keat tinha uma vida amorosa quase inexistente e o último relacionamento sério de Aiden havia sido há alguns anos.

Eventualmente, eles pararam de andar ao chegar a um bistrô do bairro.

Uma vez lá dentro, Keat pediu uma dose de uísque para ambos, o que ele achava muito necessário. Aiden engoliu de uma vez, e suas mãos ainda tremiam, mas a cor rapidamente voltou às suas bochechas.

— Melhor?

— Muito, sim — respondeu Aiden enquanto pedia outra bebida. Ele estava ciente de como devia parecer desgastado. Podia sentir as brasas no rosto e seu cabelo estava cinza como cinzas.

Havia outros que também estiveram no incêndio ali dentro, então ele não parecia tão fora de lugar, mas ainda assim se sentia desconfortável.

Como se sentisse como ele estava se sentindo, Keat tentou tranquilizá-lo com um sorriso. — Você está bem.

— Obrigado por ser um bom mentiroso. Sei que estou horrível.

Não, você não está. Você está absolutamente sexy como o inferno. Eu adoraria nada mais do que te ajudar a tirar toda essa sujeira no chuveiro.

À medida que a conversa deles se estendia noite

adentro, quase parecia que o tempo tinha parado; ambos estavam contentes na companhia um do outro. Simplesmente parecia natural e bom.

Eventualmente, Aiden declarou que deveria ir embora para que Keat não ficasse muito cansado no trabalho na manhã seguinte.

Antes de partir, Keat pediu seu número para que pudessem se encontrar novamente. Sorrindo timidamente, Aiden concordou, rabiscando seu número em um guardanapo.

Eles compartilharam um abraço rápido, embora ambos ansiassem por um beijo. O calor do abraço foi suficiente para solidificar o vínculo entre eles.

Embora estivessem hesitantes em se afastar um do outro, os olhares que trocaram confirmaram que ambos sentiam o mesmo.

Por enquanto, teriam que se contentar com aquilo, por mais insatisfatório que pudesse ser.

Enquanto Keat o observava partir com um sorriso carinhoso no rosto, ele já sabia que esta noite marcava o início de algo especial; algo que ele sentia que nenhum dos dois poderia negar.

Uma vez de volta em casa e na cama, sua mente revisitou o que havia acontecido naquela noite.

Se ele tivesse deixado a estação antes da chamada chegar, nunca teria conhecido Aiden. Tinha que ser um sinal, ele pensou.

Ele imaginou a boca de Aiden deslizando sobre seu pau duro como pedra, embora cada osso de seu corpo doesse. Aqueles lábios macios e suaves pareciam ter sido feitos para seu prazer e ele sabia que aproveitaria cada maldita coisa feita com ele.

Sem pensar, sua mão serpenteou por baixo da colcha para agarrar seu pau aparentemente incansável com dedos apertados, o calor subindo profundamente em suas entranhas enquanto ele grunhia, sua mão ritmicamente deslizando para cima e para baixo em sua ereção, o pré-gozo proporcionando lubrificação.

Logo, seus movimentos se tornaram mais rápidos enquanto ele empurrava os quadris para cima como se estivesse fodendo o convidativo buraco anal de Aiden.

A força de sua erupção, quando aconteceu, o surpreendeu e seus dedos dos pés e costas se curvaram e os gemidos guturais escaparam de seus lábios enquanto ele se debatia na cama.

O esperma encharcou os lençóis com os jatos poderosos enquanto seus olhos ficavam vidrados.

Ele se forçou a levantar e se lavar, mas seu corpo estava exausto, então ele simplesmente limpou a mão nos lençóis já úmidos e caiu em um sono inquieto.

AIDEN

Aiden não conseguia acreditar nos acontecimentos da noite. Era como ser atingido por um raio, uma força eletrizante que havia percorrido suas veias e acendido uma faísca de paixão.

Isso significava muito para ele, já que nunca havia sentido algo assim antes.

Ele sentiu seu coração disparar enquanto observava o belo bombeiro à sua frente, absorvendo sua estrutura alta e musculosa, o maxilar forte e os olhos cativantes.

Aiden sabia que deveria tirar isso da cabeça; ele tinha uma prioridade que precisava ser cumprida, uma necessidade urgente de encontrar um homem rico que pudesse lhe oferecer a vida com que sempre sonhara.

Este bombeiro, apesar de quão atraente era e de como ele se sentira atraído por ele, não serviria.

Embora eu me sinta terrível por minhas ações, seria injusto dar-lhe falsas esperanças e enganá-lo. Tenho certeza de que ele encontrará alguém que seja mais adequado para ele do que eu. Sou um covarde; isso eu admito.

Aiden sentiu um pouco de arrependimento por sua decisão de se distanciar daquele homem sensual, mas sabia que era a coisa certa a fazer.

Ele tinha um plano e não deixaria ninguém ficar no caminho de alcançá-lo. Estava determinado a encontrar uma saída para sua situação atual, e um parceiro rico era a chave.

Respirando fundo, ele se afastou com tristeza, perguntando-se se acabara de cometer o maior erro de sua vida.

Ele ansiava por um relacionamento, e agora que havia uma pequena oportunidade, não estava disposto a considerar a ideia de ficar com um homem comum.

Embora soubesse da quantia substancial que os bombeiros ganhavam, não era o suficiente, não para ele.

Ele precisava de muito mais e estava em conflito por querer dinheiro mais do que o próprio amor.

Uma forma superficial de pensar, mas ele não cederia.

Sua mente estava preocupada com pensamentos de segurança financeira. Claro, isso o tornava um caça-fortunas, mas havia coisas muito piores para ser, não é? Pelo menos ele era honesto consigo mesmo.

A busca que o impulsionou por grande parte de sua vida acabou levando-o para longe de sua terra natal. Agora ele estava estabelecido na cidade dos sonhos, onde a maioria fingia até conseguir.

No entanto, Aiden não podia deixar de se sentir como um impostor. Não importava o quão bem ele se misturasse, sempre havia algo que o fazia se sentir deslocado: dinheiro.

Embora estivesse cercado de riqueza, a situação financeira de Aiden permanecia a mesma, a de um trabalhador de colarinho branco em dificuldades, ganhando apenas o suficiente para sobreviver.

A luta para fingir se encaixar com status ou dinheiro é algo que apenas aqueles que viviam na Califórnia podiam realmente entender.

A atitude crítica das pessoas se estendia a todos os aspectos da vida, desde o veículo que dirigiam até as roupas que vestiam e até mesmo o local onde moravam.

Era difícil para alguém como Aiden, que mal tinha algum dinheiro guardado e cujo desejo por um estilo de vida luxuoso havia se intensificado ao se mudar para lá.

Seu CEP não era glamouroso. Era o que poderia ser descrito como uma área em ascensão.

As pessoas ricas ao seu redor no trabalho haviam se tornado quase imunes às demonstrações de riqueza; parecia que isso não tinha mais valor ou significado real para elas; enquanto para Aiden ainda tinha um tipo de apelo mágico que o atraía apesar de si mesmo.

Tornou-se ao mesmo tempo intrigante e intimidante, pois o convenceu ainda mais de que precisava de segurança financeira antes de poder ser verdadeiramente feliz.

Ainda determinado a encontrar uma saída para sua situação atual e também alcançar a verdadeira felicidade, ele jurou tirar Keat de sua mente de uma vez por todas.

Quando chegou em casa tarde da noite, não pôde ignorar a vontade de lavar os restos de fuligem e cinzas do incêndio.

O banho parecia uma oportunidade perfeita para organizar seus pensamentos e tentar entender melhor os sentimentos confusos dentro dele.

Entrando na água morna, ele fechou os olhos, permitindo que a sensação acalmasse seu corpo e mente cansados.

Enquanto a água caía, memórias de seu resgate continuavam piscando diante de seus olhos. A intensidade das chamas e a sensação de estar nos braços de Keat.

A água passou de morna para morna e depois fria, ele percebeu que seu banho havia durado mais de meia hora.

Tão perdido em seus pensamentos estava que o tempo passou despercebido. A fuligem não era a única coisa que se agarrava a ele.

Apesar de sua promessa a si mesmo, ele se masturbou com Keat como o protagonista em seu próprio filme pornô particular.

Olha só para essa sua promessa.

Mais tarde, ele ponderou sobre confessar ter iniciado o incêndio, assumindo que eles já não soubessem. Uma onda de ansiedade o invadiu só de pensar em admitir a verdade.

A preocupação não era apenas com as ramificações legais, mas também com o fardo financeiro que poderia trazer. Ele já estava em dificuldades financeiras, e as consequências poderiam ser mais do que ele poderia suportar.

Ele desejava que todo o incidente tivesse sido um sonho. Nada o agradaria mais do que poder desfazer seu erro, evitar que o incêndio começasse.

A realidade, no entanto, era implacável, e ele tinha que enfrentar as consequências de suas ações.

Aiden conseguiu encontrar um vislumbre de alegria em meio ao seu tumulto emocional na forma de Keat.

Era um lado positivo inesperado, e ele tinha um sorriso no rosto enquanto adormecia.

KEAT

Keat ficou surpreso ao se revirar na cama logo após cair no que ele pensava ser um sono profundo.

Quanto mais ele tentava afastá-los, mais os pensamentos sobre Aiden invadiam sua mente, tornando impossível se livrar deles.

Ele se esforçava para lembrar a última vez que havia sentido uma atração tão profunda. Tinha sido na faculdade, com um colega que jogava no time de futebol americano.

Eles pertenciam à mesma fraternidade e um dia estavam brincando de lutar quando a brincadeira se transformou em uma confusão de ereções e luxúria.

Keat havia sido o primeiro, por assim dizer. Seus encontros eram às escondidas, já que o jogador de futebol estava no armário, mas com o tempo, a luxúria deles esfriou e se dissolveu em amizade. Depois da faculdade, ele havia se assumido e agora estava em um relacionamento.

Deitado ali, as lembranças inundaram sua mente - o modo como os olhos de Aiden brilhavam quando ele falava sobre suas paixões, o som de sua risada, a sensação de tê-lo em seus braços.

Keat ansiava por abraçar Aiden novamente, sentir o calor de seu corpo contra o seu e talvez provar seus lábios.

Com um suspiro profundo, Keat saiu da cama e caminhou até a janela. Lá fora, a lua brilhava intensamente, lançando um suave brilho sobre seu mundo.

A noite estava desprovida de qualquer som, exceto pelo farfalhar intermitente das folhas ao vento. Enquanto olhava pela janela, Keat tomou uma decisão. Suas emoções eram impossíveis de ignorar.

Após muito pensar, ele deu um grande salto e mergulhou de volta na piscina dos encontros, decidindo convidar Aiden para sair.

Ele tinha a sensação de que Aiden nutria sentimentos semelhantes por ele.

Ele considerou ligar naquele mesmo dia, mas decidiu não fazê-lo. Teria parecido desesperado demais, até ele conhecia as regras.

Os três dias seguintes foram cheios de atividades para ele, mantendo-se ocupado com uma limpeza profunda em sua casa, passeando e alimentando os cães do canil, e lendo.

Keat estava distraído no trabalho após seu tempo de

folga, tendo que responder a várias perguntas de seus colegas.

— O que há com você, Keat? Você parece fora de si — um deles perguntou com um sorriso malicioso.

— Só pensando em algo — ele murmurou, não querendo entrar em detalhes.

Ele estava muito envergonhado para dizer que seus pensamentos estavam cheios de Aiden e de quanto ele queria convidá-lo para um encontro.

Ele afastou esses pensamentos o melhor que pôde e se concentrou em seu trabalho, mas quando chegou a hora do almoço, não pôde deixar de se perguntar o que Aiden estaria fazendo.

Apesar de sentir uma vontade de ligar para ele e convidá-lo para sair, ele acabou decidindo não fazê-lo.

Ele ligaria depois do trabalho e na privacidade de sua própria casa. Não queria que os caras curiosos do trabalho o provocassem ainda mais.

Quando seu turno finalmente terminou e ele voltou para casa, tirou o celular do bolso da frente e pegou o guardanapo amassado com o número de Aiden.

Ele hesitou um pouco e percebeu que suas palmas estavam suando. Digitou os números, mas mudou de ideia no último dígito, engolindo em seco enquanto desligava o telefone.

Foi na terceira tentativa que ele finalmente apertou o botão verde de conexão, com a boca seca.

Ele estava se perguntando como começaria a conversa. Só estava ligando para saber como você está. Era verdade também.

O coração de Keat afundou quando ouviu a voz da operadora dizendo que o número estava desconectado.

Acreditando que devia ter cometido um erro ao discar, ele desligou e rediscou o número. A mesma voz surgiu e Keat percebeu, com uma sensação de afundamento, que Aiden lhe dera um número falso.

Ele sentiu uma esmagadora sensação de decepção ao pousar o telefone.

Embora não tivesse certeza total dos motivos de Aiden, estava bastante claro que ele não tinha intenção de seguir adiante com nada com Keat.

A rejeição doeu. De alguma forma, ele havia interpretado mal a reação de Aiden ao que para ele tinha sido uma ótima noite. Ele pensou que significava mais, mas era apenas gratidão de Aiden.

Ele podia sentir as lágrimas ardendo e seu coração afundou. Sentia-se um tolo. Ficar tanto tempo fora do jogo dos encontros havia embotado seus instintos.

Determinado a não ser enganado novamente, fez um juramento a si mesmo de que sempre ficaria vigilante.

Keat, perdido em pensamentos, sentou-se em sua confortável sala de estar, olhando fixamente para o vazio do espaço.

Ele sentiu uma pontada de culpa no estômago ao pensar em sua tolice. Aiden não havia demonstrado interesse, ele apenas tinha sido educado demais para desencorajá-lo.

Apesar de seus melhores esforços, a decepção pairava sobre ele como uma nuvem escura mesmo depois de soltar um suspiro pesado e tentar se livrar dela.

Seu constrangimento era tão avassalador que ele desejava se enfiar em um espaço minúsculo e nunca mais sair. Seu horário de dormir antecipado foi resultado de se sentir mentalmente esgotado.

Ele adormeceu rapidamente e sonhou inquieto com o rosto de Aiden, misturado com sentimentos de rejeição e constrangimento.

Na manhã seguinte, ele acordou se sentindo um pouco melhor, mas ainda com o coração partido por toda a situação. Sabia que não adiantava ficar remoendo isso, então se forçou a sair da cama e se preparou para o trabalho.

Alguns dias depois, na hora do almoço, por um capricho, ele deu uma volta pela cidade em vez de voltar ao escritório para comer com seus colegas; não estava com vontade de ficar perto deles naquele momento.

A camaradagem e a conversa de seus companheiros, que ele geralmente apreciava, pareciam opressoras naquele dia. Ele ansiava por solidão, uma chance de organizar seus pensamentos e dar sentido às emoções que o consumiam.

Sem um destino específico em mente, Keat deixou seus pés o levarem até que o agito da cidade desaparecesse ao fundo e as ruas se transformassem em um cenário mais tranquilo.

Sem perceber que havia caminhado uma boa distância, ele se viu em um parque.

Enquanto passeava pela área, seus olhos avistaram Aiden, que estava encostado em uma árvore esperando por alguém.

Seu coração saltou uma batida ao vê-lo novamente, mesmo ainda estando chateado por ter sido descartado tão facilmente.

Keat não podia acreditar no que via. Ele pensou em confrontar Aiden, mas parou quando o viu reconhecer um homem mais velho e obviamente rico que se aproximava.

Os dois homens se cumprimentaram e então desapareceram de sua vista em direção ao restaurante no final da rua.

O coração de Keat afundou ao perceber que este provavelmente era o parceiro de Aiden. Por mais que quisesse, ele não queria causar problemas para nenhum dos dois.

Ainda assim, uma onda de ciúmes o envolveu ao pensar em Aiden com outra pessoa. Ele estava com raiva de si mesmo por se sentir assim, mas não podia evitar; a ideia de não ser o suficiente era dolorosa.

Atordoado, ele voltou arrastando-se para o trabalho, sentindo emoções intensas borbulhando dentro dele. Tentou reprimi-las, mas elas continuavam ressurgindo como ondas contra a costa.

Ele desejava poder desabafar com alguém que entendesse, mas não havia ninguém que pudesse ajudá-lo a dar sentido a tudo aquilo.

Sam estava de férias e ele certamente não o incomodaria por algo tão trivial.

Quando chegou, Keat havia decidido que era hora de seguir em frente e deixar toda essa confusão para trás.

Ele se forçou a se concentrar no trabalho e deixar de lado todos os pensamentos sobre o que poderia ter sido entre ele e Aiden.

Ele estava na casa dos trinta, não era um adolescente, e precisava agir de acordo com sua idade.

AIDEN

Aiden vinha tentando esquecer Keat desde a noite do incêndio. Ele tentou encontrar outra pessoa, para preencher o vazio em sua vida, mas nada parecia funcionar.

Os velhos tempos de procurar anúncios nos jornais há muito haviam dado lugar aos encontros online, então ele se inscreveu em vários aplicativos.

Cada homem que ele deslizava no mais recente aplicativo de namoro carecia de algo importante: dinheiro, inteligência, aparência, carisma. Essas qualidades eram escassas.

Era como rolar por uma linha interminável de drones sem nome e sem alma.

Você percebe como está soando? Você é facilmente um deles.

Apesar de seus melhores esforços, seus pensamentos continuavam voltando para Keat e sua beleza rústica, e ele questionava se essa era realmente a vida que queria.

Talvez houvesse algo mais lá fora para ele; algo mais significativo e gratificante.

Ele tinha, no entanto, sentido repetidamente que um homem como ele não estava destinado a tais coisas.

Enquanto deslizava, ele se perguntava se o amor verdadeiro era mesmo possível com o apego que ele queria que viesse junto, ou se era apenas um sonho distante.

Aiden tentou lembrar como tudo isso havia começado. Ele se lembrou de crescer na parte mais pobre de uma cidade rural pobre, em uma cidade e estado que ele queria esquecer.

O cheiro era algo que permaneceria com ele para sempre. O horror de pular refeições porque seus pais não podiam pagar ainda o assombrava.

Sua mãe era empregada como faxineira para uma família rica e ele se lembrava da vergonha de ter que usar as roupas usadas deles.

Um dos filhos deles, que estava na mesma classe que ele, zombava dele e era rápido em lembrar a todos que Aiden usava suas roupas velhas.

Ele não tinha amigos porque tinha vergonha da casa precária em que moravam.

Para escapar de seu passado, ele se concentrou nos estudos com o incentivo de seus pais.

Eles também queriam uma vida melhor para ele. Quando teve idade suficiente, encontrou um trabalho decente na cidade vizinha.

Ele pedalava a bicicleta de seu pai para ir e voltar do

trabalho como caixa em um posto de gasolina. Cada centavo que ganhava, ele economizava. Mesmo com o quanto sua vida havia melhorado, ele ainda se sentia um estranho, um impostor.

Por que você quer um benfeitor se tem tanta certeza de que pode fazer algo por si mesmo? Você é um covarde!

Começar algo com Keat o impediria de ter essa vida. Ele não gostava de escolher dinheiro em vez de amor. Seus pais queriam que ele se saísse melhor do que eles.

Embora seu salário não fosse enorme, ele enviava dinheiro para eles mensalmente e eles achavam que ele estava se saindo bem.

Sem mencionar para ele, ele sabia que eles falavam dele com orgulho e descreviam seu filho como um figurão na Califórnia, um lugar que a maioria das pessoas só conhecia dos filmes.

Seus pais estavam envelhecendo, e ele queria proporcionar segurança financeira para que sua mãe parasse de trabalhar.

Um dia, ele jurou, os levaria de avião para sua grande casa em Los Angeles.

Lá estava ele aos trinta e dois anos, ainda se agarrando ao sonho tolo de encontrar o amor com um homem rico. Isso nunca aconteceria e, de fato, ele estava apostando suas fichas ao tentar obter a riqueza por conta própria.

Ele trabalhava duro para melhorar sua vida, mas parecia que ainda estava preso no mesmo ciclo de dúvida e insegurança.

Apesar disso, ele se recusava a desistir de seus sonhos de ter tudo.

Seu olhar se voltou para as fotos de família exibidas na prateleira ao lado dele. Olhando para a foto de seus pais o encarando de volta da prateleira, seu desejo se renovou.

Outro dia o aguardava, então ele se preparou e partiu para o trabalho.

Pouco tempo depois, Aiden saiu do táxi em frente ao edifício de escritórios reluzente.

Ele tentou ignorar os olhares dos transeuntes; sentia-se constrangido e se perguntava se algum dia se acostumaria a se ver com roupas tão bonitas que eram novas, usadas apenas por ele.

Ele colocou sua cara de jogo e entrou no prédio, entrando no elevador onde apertou o botão para o quinto andar, e em um instante foi levado ao seu andar.

Ele saiu com um passo decidido e caminhou em direção ao seu escritório.

Acenando um olá para algumas pessoas no caminho enquanto entrava, abriu seu laptop depois de ver a cena da rua abaixo pelas imensas janelas.

O trânsito já estava pesado, mesmo pela manhã. Ele havia se dado ao luxo de pegar um táxi porque seu carro estava na oficina. **De novo**. Querendo ou não, ele sabia que teria que comprar um carro mais novo e melhor, o que significaria mais dinheiro.

Teria que ser um carro à altura de seu trabalho, um BMW de último modelo ou algo parecido. Aquele carro velho dele tinha que ir embora. Todos os seus colegas de trabalho tinham carros novos e bonitos, e isso era sempre um tópico de discussão ao redor do bebedouro.

Ele havia adiado o suficiente, especialmente porque seu carro passava mais tempo no mecânico do que ele dirigindo.

Voltando sua mente ao trabalho, ele começou a trabalhar nos relatórios financeiros de fim de mês para um de seus maiores clientes - um organizador de eventos que realizava festas extravagantes em sua propriedade todos os fins de semana.

Ele trabalhava como gerente financeiro júnior em um escritório elegante em uma torre de escritórios reluzente e havia estado na festa na casa de um cliente na noite do incêndio.

Ele tentou afastar isso de sua mente e esperava que ninguém suspeitasse que tudo tinha sido culpa dele. Isso seria desastroso.

O amor terá que ficar em segundo plano.

KEAT

Depois de desabafar com Sam sobre algumas cervejas, Keat foi convencido a tentar namorar novamente como solução.

Sam, junto com sua esposa Holly, até ajudou a escolher potenciais encontros. Eles realmente se empolgaram com a tarefa, para seu divertimento.

Eventualmente, todos concordaram com um homem que parecia ser um bom potencial e Keat estava levemente ansioso pelo encontro.

Phil era um avaliador de sinistros, então parecia que teriam muito sobre o que conversar.

Ele entrou no popular pub de WeHo com um senso de esperança cautelosa, pensando que Sam estava certo. Mergulhar na piscina de namoro poderia ser a única maneira de encontrar alguém que valesse a pena.

Ele havia escolhido propositalmente este bar na rua principal. Era fácil de localizar e estava na moda.

Vibrante e movimentado com pessoas, mesmo não sendo ainda noite.

O baixo murmúrio de conversas preenchia o ar. Pôsteres vintage cobriam as paredes e Keat avistou uma de suas obras favoritas de Keith Haring, Safe Sex.

Ele avistou uma cabine vazia e foi direto para ela, conseguindo-a bem antes de um grupo de três pessoas se aproximar.

Dando de ombros enquanto deslizava para dentro da cabine, enquanto eles seguiam em frente com decepção, ele olhou ao redor para verificar a mistura de locais e turistas óbvios, que riam e conversavam animadamente.

Alguns se ocupavam tirando fotos para postar nas redes sociais, sem dúvida.

A reputação do bar era lendária. Ele chamou a atenção de um garçom e pediu uma cerveja, então focou seu olhar na porta.

Na hora marcada, um homem com cabelo curto e um rubor brilhante de queimadura de sol no nariz entrou apressadamente pela porta.

Ele examinou a sala, seus olhos passando por Keat, e sorriu quando o avistou.

— Keat! Você deve ser o Keat — ele anunciou com mais entusiasmo do que o esperado ao se aproximar da cabine. — Sou o Phil.

Suas mãos se encontraram em um aperto de mão. O aperto de Phil era muito mais firme do que ele esperava.

Enquanto se cumprimentavam, Keat notou que as

mangas da camisa de Phil estavam enroladas muito apertadas e um pouco demais, revelando várias pequenas tatuagens ao longo do antebraço.

O "Phil" da internet havia tomado certas liberdades com sua persona e acabou que ele era diferente do que afirmava.

Ele estava, no mínimo, nove quilos mais pesado do que na foto, e os pés de galinha sugeriam que alguns anos haviam sido removidos de seu perfil online.

Surpreso, Keat olhou para o rosto de Phil, mas Phil estava alheio, já contando histórias de suas aventuras heroicas como avaliador de sinistros em um esforço para se conectar com ele.

Em minutos, ele havia relatado como frustrou uma falsa reivindicação de seguro residencial com sua mente brilhante ao descobrir que o proprietário havia inundado deliberadamente sua própria casa.

Keat ouviu educadamente porque não estava bravo com Phil, na verdade estava mais divertido. Isso era Los Angeles e as pessoas faziam isso o tempo todo. Além disso, ele não era feio e seu único defeito era ser tagarela, pensou.

A conversa fluiu suavemente, e Keat ficou satisfeito em descobrir que ele e Phil tinham muito em comum. Ambos amavam música, gostavam de fazer trilhas e compartilhavam uma paixão pelo ar livre.

Phil parecia estar genuinamente interessado no que Keat tinha a dizer e até ria de suas piadas.

Conforme a noite avançava, no entanto, ambos

perceberam que a relação deles ficaria na zona da amizade.

Não havia faísca para falar a verdade. Nenhum dos dois achou que a noite foi uma perda. Amigos eram quase tão escassos, se não mais difíceis de encontrar que relacionamentos.

Uma vez que esclareceram isso, ficaram livres para ser honestos um com o outro. Enquanto Keat era exatamente o tipo que Phil procurava, o oposto não era verdadeiro. Keat preferia alguém próximo de sua idade.

Durante a conversa, Phil perguntou se estaria tudo bem se ele estendesse a mão e tocasse a mão de Keat enquanto conversavam.

Seu pedido pegou Keat de surpresa. Ele sorriu nervosamente e assentiu em concordância. Para sua surpresa, em vez de tirar vantagem da situação como esperava, Phil simplesmente acolheu sua mão e lhe disse o quanto apreciava a conversa até aquele momento.

Ele estava buscando o toque humano, como a maioria de nós.

— Então, nem mesmo uma transa por pena para mim esta noite? — Phil disse com uma risada, uma mistura de última tentativa e diversão em sua voz. Ele estava meio sério.

Ele se juntou à risada. — Boa tentativa, mas eu literalmente não tenho transas para dar.

— Você que perde — veio a resposta sarcástica com um dar de ombros enquanto ambos riam mais alto, atraindo olhares dos clientes próximos.

Quando finalmente se despediram do lado de fora do pub mais tarde naquela noite, havia uma amizade recém-forjada entre os dois.

Eles trocaram números e desta vez Keat sabia que era o correto, pois Phil ligou para ele no mesmo momento para que seu número fosse capturado.

O resultado da noite era exatamente o que ele precisava. Tinha mantido sua mente longe de Aiden, e ele conheceu uma pessoa legal.

Phil havia diminuído sua necessidade de impressionar conforme a noite avançava e exibiu mais de sua personalidade natural, efervescente e travessa.

Um encontro razoável, considerando tudo, Keat pensou com um pequeno sorriso enquanto se aproximava de seu carro.

AIDEN

Aiden estava sentado em um restaurante elegante, cercado de opulência. Lustres de cristal lançavam um brilho quente sobre o piso de mármore polido, enquanto uma suave música clássica tocava ao fundo.

A atmosfera exalava sofisticação, um ambiente projetado para impressionar até as pessoas mais esnobe.

No entanto, apesar do ambiente luxuoso, Aiden não conseguia afastar a memória de Keat de sua mente.

Ele olhou para o outro lado da mesa, onde estava sentado o homem à sua frente, um indivíduo rico e bem-sucedido com um sorriso genuíno e modos impecáveis. O homem tinha feito tudo certo.

Ele havia chegado em um carro que custava mais do que seu salário anual, pedido o melhor vinho e se envolvido em uma conversa educada. Na superfície, parecia o encontro ideal. Mas no fundo, Aiden sentia um vazio inegável.

Conforme a noite avançava, Aiden não podia deixar de comparar o homem à sua frente com Keat, o bombeiro forte e atraente.

O charme rústico, seu compromisso inabalável com sua profissão ardente e a conexão não dita que compartilhavam eram um contraste gritante com o encontro perfeito, mas sem graça, que se desenrolava diante dele.

A conversa era razoavelmente boa, abrangendo uma variedade de tópicos, desde viagens até aspirações profissionais. Aiden ouvia atentamente, sorrindo educadamente e fazendo o possível para se concentrar, mas sua mente vagava.

Ele ansiava pela conversa descontraída, pelo brilho nos olhos de Keat quando falava sobre seu trabalho e pela tensão sexual que os envolvia.

Olhando pela janela, Aiden viu as luzes da cidade do restaurante no alto do prédio.

Então, ele não pôde deixar de se perguntar se as armadilhas materialistas da riqueza e elegância eram suficientes para acender uma chama dentro dele.

A experiência gastronômica refinada, o ambiente extravagante, tudo empalidecia em comparação com a conexão genuína que ele havia sentido com Keat.

Mas não era isso que você sonhava? O desejo por alguém rico que pudesse cuidar de você para sempre. Então por que você não está feliz?

O homem sentado à sua frente possuía todas as

qualidades que normalmente o tornariam um par ideal. Um sorriso encantador, modos impecáveis e uma conta bancária transbordante.

No papel, parecia a equação perfeita para a felicidade. Mas o coração de Aiden permanecia firme em seu anseio por algo mais.

O homem sentado à sua frente, percebendo a distração de Aiden, estendeu a mão e tocou suavemente a dele. — Está tudo bem? — perguntou, com preocupação estampada em seu rosto.

Olhando para seu acompanhante, Aiden não pôde deixar de sentir uma pontada de culpa. O homem era gentil, generoso e genuinamente interessado em conhecê-lo.

No entanto, por mais que tentasse, Aiden não conseguia encontrar aquela faísca elusiva, uma atração magnética que esteve ausente durante toda a noite.

Ele respondia às tentativas de conversa do homem com um vazio e risos forçados. A noite inteira era sem graça.

A cada minuto que passava, Aiden questionava seus próprios desejos. Ele estava sendo muito idealista, perseguindo uma fantasia inatingível? Não deveria estar satisfeito com o estilo de vida luxuoso e a segurança que esse homem poderia proporcionar? Esse pobre coitado sentia algo por ele.

Aiden encontrou seu olhar, seus pensamentos expostos. — Eu aprecio tudo o que você fez esta noite. Você foi gentil e generoso, e realmente gostei de conhecê-lo. Mas, sendo honesto, não posso deixar de sentir que algo está faltando.

O homem assentiu compreensivamente, com um toque de decepção sombreando suas feições. — Agradeço sua honestidade, Aiden. É melhor sermos verdadeiros conosco mesmos e reconhecermos quando algo não está certo. Eu esperava que houvesse uma conexão, mas talvez simplesmente não fosse para ser.

Aiden suspirou, uma mistura de alívio e arrependimento o invadindo. Ele havia arriscado, esperando encontrar uma distração para seus pensamentos persistentes sobre Keat, mas o vazio que sentia apenas enfatizava a profundidade de sua conexão com o bombeiro.

A noite deveria ter terminado com seu pequeno discurso, pois não havia necessidade de prolongar a agonia.

Aiden estava prestes a agradecer ao homem por sua companhia e se despedir quando ele sugeriu uma visita a uma boate onde iria encontrar um amigo.

O olhar de decepção em seu rosto o havia esmagado. Era o mínimo que ele poderia fazer após arruinar a noite para o homem, e ele relutantemente concordou.

Seu encontro sem graça havia servido como um lembrete de que uma verdadeira conexão, do tipo que agitava sua alma, não era algo que pudesse ser fabricado ou replicado.

Saindo para o ar fresco da noite, ele respirou fundo, sentindo um pouco de sua dignidade retornar.

Ele seguiria seu coração, mesmo que isso significasse atravessar a incerteza e potencial dor de coração. Afinal, ele não sabia como Keat reagiria a ele.

Ele pode simplesmente chutar sua bunda interesseira para a sarjeta. Você mereceria isso também.

Ele nem mesmo notou o homem entrelaçando seu braço ao dele, tão profundo estava em seus pensamentos.

KEAT

Keat sabia que seus locais habituais não seriam suficientes para levantar o ânimo do amigo.

O peso do cansaço e da decepção do longo e extenuante turno ainda pairava nos olhos de Keat.

Determinado a ajudar seu amigo a extravasar, Rainn o convenceu a se aventurar no vibrante mundo da famosa cena de boates de West Hollywood.

Ele conseguiu afastar com sucesso todas as desculpas que Keat tinha para não ir até que ele cedesse.

Ao entrarem na atmosfera pulsante da boate, o som grave e as luzes deslumbrantes assaltaram seus sentidos.

O ar estava carregado de energia e excitação enquanto as pessoas dançavam, riam e se deleitavam com a euforia da noite. Para ele, no entanto, o ambiente alegre apenas o fazia se sentir mais solitário.

Rainn fez o seu melhor para distraí-lo, persuadindo-o a ir para a pista de dança e incentivando-o a se soltar, mas ele não conseguia se livrar do peso que o oprimia. Ele se sentia tão indesejável.

Justo quando Keat estava prestes a se resignar a uma noite de descontentamento, seus olhos captaram um vislumbre de Aiden entrando na boate, de mãos dadas com um homem obviamente abastado.

Amaldiçoando-se por ter escolhido a mesma boate para se aventurar, seu coração afundou ao observar o aparente afeto entre eles, uma pontada de ciúme se agitando dentro dele.

Ele presumiu que Aiden havia encontrado alguém novo, alguém que poderia oferecer-lhe a vida de luxo que ele sentia que Keat não podia.

É melhor que tu nunca tenhas te envolvido com ele. Ele é obviamente um playboy e teria partido teu coração de qualquer maneira. Não é melhor saber? Imagina se ele soubesse do teu patrimônio líquido.

Ele viu os olhos de Aiden vagarem pela sala lotada, e quando pousaram em Keat e Rainn, um lampejo de reconhecimento e surpresa cruzou seu rosto.

Antes que Keat pudesse processar as emoções que se agitavam dentro dele, viu Aiden voltar sua atenção de forma displicente para o homem ao seu lado, aparentemente confirmando as suposições de Keat.

O orgulho de Keat mascarou sua dor enquanto ele fingia se divertir pelo bem de Rainn.

Ele dançava sem entusiasmo, seus movimentos rígidos e forçados, enquanto sua mente era consumida pela visão de Aiden aparentemente feliz na presença de outro. O constrangimento o corroía.

Rainn, sempre o amigo leal, percebeu o tormento interior de Keat apesar da encenação. Ele se aproximou de Keat com um olhar solidário, sua voz cheia de preocupação. — Ei, tu estás bem? — perguntou, colocando uma mão reconfortante no ombro do amigo.

Keat conseguiu esboçar um sorriso fraco, mascarando a angústia que fervia sob a superfície. — Sim, estou bem. Só um pouco cansado, só isso — respondeu, sua voz o traindo.

O olhar de Rainn se deteve em Keat por um momento mais longo, sua intuição lhe dizendo que havia mais em seu estado atual do que apenas cansaço.

No entanto, ele respeitou a necessidade de privacidade de Keat e decidiu não insistir mais. À medida que a noite avançava, o coração de Keat ficava mais pesado a cada momento que passava.

Ele observava enquanto Aiden e o homem rico compartilhavam momentos íntimos, sua conexão palpável para qualquer um que se importasse em olhar.

Aiden queria estender a mão, consertar os pedaços quebrados que jaziam entre eles, mas o peso de suas próprias suposições e inseguranças o impedia.

Ele não estava ciente da luta interna de Keat, continuou aproveitando sua noite, embora com um toque de tristeza nos olhos.

Ele não podia deixar de sentir uma sensação de devastação, sabendo que ele havia sido responsável por afastar Keat.

A visão de Keat fingindo não ser afetado por seu encontro serviu apenas como um doloroso lembrete do que eles já tiveram, e do que haviam perdido.

A noite prosseguiu, a música e os risos abafaram as palavras não ditas entre Keat e Aiden.

Seus caminhos haviam se cruzado novamente, mas desta vez, o abismo entre eles parecia intransponível. Keat não conseguia se forçar a confrontar Aiden, e Aiden, consumido pela culpa, sentia-se impotente para preencher o vazio.

Enquanto as luzes da boate continuavam a dançar e a música preenchia o ar, Keat e Aiden existiam em um estado de proximidade dilacerante, emoções não abordadas os mantendo separados.

Quando Keat se virou para sair porque não podia suportar assistir mais, seu coração pesado com o orgulho ferido, ele sentiu um toque hesitante em seu braço. Assustado, ele se virou para encarar Aiden, cuja expressão era uma mistura de vergonha e arrependimento.

— Aiden — a voz de Keat carregava um toque de escárnio.

Que diabos ele queria? Esfregar mais na minha cara, suponho. Ele iria agir com frieza mesmo que isso o matasse.

Aiden respirou fundo, reunindo coragem para falar as palavras que pesavam em seu coração desde o breve encontro.

— Keat, eu preciso falar contigo. Por favor, me dá só alguns minutos — ele implorou, sua voz impregnada de desespero e determinação.

Keat olhou para Aiden com ceticismo. Ele hesitou por um momento, contemplando se deveria atender ao pedido de Aiden.

— Tudo bem — Keat cedeu, sua voz carregada de um tom cauteloso. — Mas seja rápido.

Aiden assentiu, seu coração batendo forte no peito enquanto reunia coragem para expor seus sentimentos. — Keat, eu sei que te magoei, e estou verdadeiramente arrependido por isso.

Os olhos de Keat se estreitaram, uma mistura de raiva e mágoa surgindo. — Ok. É isso? Agora eu sei.

A voz de Aiden tremeu levemente ao responder:

— Não, não é só isso. Eu nunca quis que tu pensasses que eu era um interesseiro ou que eu não sentia a conexão entre nós.

Keat fez uma careta. — No entanto, aqui estás tu com o teu sugar daddy. — Ele não conseguiu impedir que a amargura se infiltrasse em suas palavras. — Estou tão feliz que tenhas encontrado o que estavas procurando. — Sem mais uma palavra, Keat saiu pisando duro e desapareceu na multidão.

Aiden quase foi atrás dele, mas decidiu não fazê-lo, especialmente porque seu encontro, com o cenho franzido, estava ao seu lado e questionou quem era o "cara musculoso". Ele pensou que ainda havia uma chance mesmo após a conversa no restaurante.

— É apenas alguém que conheci durante um incidente com fogo. Somos apenas amigos. — Ele enfatizou a parte dos amigos para que não houvesse confusão, ou expectativa de um ménage à trois, que ele suspeitava ser a próxima coisa que seu encontro sugeriria. Tinha que admitir, o cara era persistente.

O rosto de Aiden se contorceu de angústia, seus olhos se enchendo de lágrimas contidas. Foi uma realização agridoce de que ele havia escolhido uma vida cheia de ganhos monetários, mas carente de amor genuíno.

Ele havia feito sua cama e teria que deitar nela.

AIDEN

Semanas se transformaram em meses, e Aiden se viu preso em um ciclo de encontros vazios.

Os pretendentes ricos que antes o deslumbravam com sua opulência agora o deixavam se sentindo vazio e desiludido.

Cada encontro servia apenas como uma dolorosa lembrança do amor à primeira vista que ele havia perdido, aquele que ele tolamente deixara escapar por entre os dedos.

Enquanto Aiden caminhava pelas ruas da cidade, um pesado sentimento de culpa o oprimia. Ele havia escolhido a segurança material em vez da profundidade do amor, e agora estava pagando o preço.

Seu coração ansiava por Keat, pela conexão que eles uma vez compartilharam, mas ele não tinha como encontrá-lo. A imensidão da cidade o sobrecarregava, as milhares de estações de bombeiros espalhadas por toda parte como brasas escondidas esperando para serem encontradas.

Ele havia voltado à boate com a esperança de encontrá-lo novamente, mas não tivera sorte.

Ele havia mencionado casualmente o nome de Keat para alguns dos bartenders, mas ninguém o conhecia.

Com o passar do tempo, ele havia voltado aos seus velhos hábitos. Sua determinação se enfraqueceu à medida que ele se convencia de que era tão fácil se apaixonar por um homem rico quanto por um pobre.

O desespero crescia dentro de Aiden, corroendo sua consciência. Ele sabia que precisava se redimir, pedir desculpas e provar seu compromisso com Keat.

Mas como ele poderia sequer começar a localizá-lo em uma cidade tão vasta quanto esta? O pensamento de passar sua vida na busca vazia por riqueza o atormentava, e ele percebeu que preferiria ter o amor de Keat a qualquer bem material.

Uma noite, enquanto o céu escurecia e as luzes da cidade piscavam para a vida, a mente de Aiden de repente faiscou com uma lembrança.

Ele se lembrou que a grande festa onde havia conhecido Keat foi realizada em uma mansão em um bairro específico. Não demorou muito para descobrir a área exata onde a festa aconteceu.

Encorajado, ele decidiu visitar a estação de bombeiros mais próxima daquela área, esperando contra todas as probabilidades que isso pudesse levá-lo a Keat.

Aiden chegou à estação de bombeiros, seu coração batendo forte de antecipação. Ele entrou, recebido pelas visões e sons de uma estação movimentada.

Os bombeiros se moviam com propósito e ele teve que se mover às pressas duas vezes para evitar ser atropelado.

Aproximando-se do balcão da recepção, Aiden reuniu coragem para perguntar sobre Keat.

No entanto, o bombeiro atrás do balcão o informou que eles não podiam divulgar nenhuma informação sobre seus funcionários. Ele nem mesmo lhe disse se estava no lugar certo.

Imperturbável, Aiden examinou os rostos dos bombeiros, procurando por qualquer sinal daquele rosto inesquecível, mas ninguém parecia familiar. Ele não teve escolha a não ser aceitar que esta estação de bombeiros em particular não era onde Keat servia.

Desanimado, Aiden saiu, sentindo uma sensação de desolação. Ele havia chegado tão perto, mas parecia que o destino estava pregando uma peça cruel nele.

A dúvida se insinuou em sua mente, sussurrando que ele talvez nunca mais encontrasse Keat.

Sua mente estava perturbada enquanto ele tentava descobrir seus desejos e necessidades. Ele se questionava se talvez o que sentia por Keat era uma necessidade sexual não satisfeita que teria se dissipado depois que a coceira fosse coçada.

Haveria algo mais profundo? Um amor que o atingia de uma vez só e o tornava incapaz de amar qualquer outra pessoa. Ele suspeitava que a última opção fosse verdadeira.

Infelizmente, graças ao seu ato estúpido, ele talvez nunca conseguisse responder a essa pergunta. Ele esperava que isso não o assombrasse pelo resto de sua vida.

KEAT

Um incêndio feroz consumia a região norte, ameaçando devorar tudo em seu caminho.

As notícias sobre o avanço do inferno chegaram aos ouvidos de Keat, despertando nele uma mistura de preocupação e senso de dever.

Ele sabia que precisava oferecer suas habilidades como bombeiro à causa, não apenas para proteger vidas e lares, mas também para encontrar consolo no caos.

Keat tomou a decisão de se voluntariar e se juntar aos esforços de combate ao incêndio, reconhecendo que isso serviria como uma distração bem-vinda das memórias dolorosas que assombravam seu coração.

Ele arrumou seu equipamento, suas mãos experientes prendendo cada item com precisão e propósito. Era algo quase rotineiro, e suas mãos se moviam automaticamente como uma máquina bem lubrificada.

A maioria dos homens de sua unidade também se

voluntariou, mas apenas três foram aprovados para ir, já que se esperavam incêndios em áreas próximas, então não podiam deixar uma estação vazia.

Assim que foram despachados e designados para uma unidade através de um sistema de comunicação de emergência, logo partiram nos caminhões, com o equipamento de proteção a tiracolo. Quando chegaram, o fogo já havia se espalhado ainda mais.

O comandante, após avaliar a situação e realizar uma análise de risco, formulou uma estratégia para combater o incêndio.

Sua unidade foi designada para contenção, o que envolvia a construção de linhas de fogo e até mesmo o uso de ferramentas manuais como pás e ancinhos para criar aceiros.

Havia também suporte aéreo, com helicópteros e aviões-tanque lançando água e retardantes de fogo.

Tanta destruição e desperdício, e era ainda mais frustrante quando descobriram que tinha sido um acidente descuidado.

O vento tinha soprado as brasas de um cigarro descartado negligentemente e havia iniciado o fogo após entrar em contato com materiais inflamáveis próximos.

As condições secas e ventosas fizeram o resto, espalhando o fogo rapidamente e queimando tudo que estava em seu caminho.

A escala da devastação se desenrolava diante de seus olhos e a fumaça subia para o céu, escurecendo o horizonte antes brilhante.

O som das chamas crepitantes ecoava pelo ar, criando uma sinfonia sinistra de destruição.

Keat se juntou às fileiras de bombeiros que combatiam o incêndio, seus esforços unidos alimentados por uma determinação inabalável de conter o inferno furioso.

Ao longo do dia, ele e sua equipe trabalharam incansavelmente, com os incêndios testando sua resistência física e mental.

Ele carregou equipamentos, manobrou por terrenos traiçoeiros e elaborou estratégias com seus colegas bombeiros.

O calor das chamas lambia seu equipamento de proteção, um lembrete constante do perigo que espreitava logo além de seu alcance.

Enquanto lutava para conter o fogo, uma preocupação incômoda corroía a mente de Keat. Uma de suas casas estava situada perigosamente perto do inferno furioso.

Embora ele tivesse optado por não revelar sua considerável riqueza a Aiden ou seus amigos, não podia deixar de sentir uma sensação de ansiedade pela segurança de sua propriedade.

Naquele momento, porém, seu foco estava na tarefa em questão, que era proteger vidas e preservar a terra que guardava memórias para eles muito mais valiosas do que qualquer bem material.

O dia virou noite, mas a batalha contra as chamas não mostrava sinais de trégua.

A exaustão puxava o corpo cansado de Keat, seus

músculos protestando a cada movimento. Ainda assim, ele continuou, impulsionado por um senso de dever que superava suas limitações físicas.

Quando o sol começou a nascer, eles testemunharam os primeiros sinais de vitória. Os bombeiros haviam conseguido conter o incêndio, seus esforços compensando à medida que o fogo antes desenfreado era reduzido a brasas fumegantes.

Uma sensação de alívio o inundou, misturando-se à dor em seus membros cansados.

Após o combate ao fogo, Keat tirou um momento para recuperar o fôlego. O ar cheio de fumaça se agarrava às suas roupas. A cinza cinzenta grudava em seu cabelo e barba por fazer, temporariamente fazendo-o parecer um homem mais velho e distinto, muito parecido com os outros ao seu redor.

Um dos caras os comparou a homens em uma convenção de Papai Noel, arrancando risadas cansadas.

Ao examinar a paisagem chamuscada, ele percebeu que talvez o fogo tivesse cumprido seu propósito. Tinha sido um catalisador para a mudança e lhe trouxe consolo.

Ele nunca havia contado a ninguém sobre sua riqueza, querendo ser amado pelo que era e não pelo que possuía.

Isso tinha sido alcançado porque ele havia feito amigos para a vida toda, aqueles com quem se podia contar. Ele entendeu a importância da honestidade completa e da vulnerabilidade.

Keat decidiu que, quando o momento fosse certo,

compartilharia sua verdade com seus amigos. Ele exporia seus medos e inseguranças, e esperava que eles entendessem.

Sua culpa por ter dinheiro se dissipou junto com a fumaça e as brasas.

A parte dele que se perguntava o que poderia ter sido se Aiden soubesse de sua riqueza sempre permaneceria, mas ele estava determinado a ser mais aberto e honesto e esperava que seu aguçado senso de perigo o ajudasse a evitar as armadilhas de acabar com um caça-fortunas.

Ele havia escapado por pouco com Aiden. Isso deveria fazê-lo se sentir melhor, não deveria?

Não fazia.

AIDEN

A decisão de Aiden de se mudar para Nova York foi motivada por várias razões, uma das quais foi uma experiência transformadora e humilhante que ele havia suportado durante um encontro com um homem rico em Hollywood.

A noite começou com uma nervosa expectativa enquanto ele se preparava para o encontro com um homem que havia conhecido através de amigos em comum e que seus amigos estavam convencidos de que o faria esquecer os pensamentos sobre sua conexão amorosa perdida.

O homem era rico, e Aiden esperava que esse encontro pudesse levar a algo mais significativo e possivelmente abrir portas para um mundo de oportunidades profissionais.

Quando se sentaram em um restaurante de sushi sofisticado que custava mais por pessoa do que Aiden ganhava em uma semana, seu par parecia encantador e atencioso, enchendo-o de elogios, e até lhe deu um pequeno presente, uma pulseira.

Por um momento, Aiden se permitiu ser envolvido pelo luxo, saboreando a atenção e a ideia de viver uma vida de luxo. Ele ficou intrigado com a generosidade.

No entanto, conforme a noite avançava, Aiden começou a notar algo perturbador. O homem o tratava mais como um prêmio do que como um parceiro genuíno.

Seu par fazia comentários que o objetificavam, focando na aparência física de Aiden em vez de conhecê-lo como pessoa.

Também ficou óbvio que ele não estava interessado em ouvir sobre a perspicácia nos negócios de Aiden.

A cada minuto que passava, a empolgação de Aiden se transformava em desconforto e constrangimento.

Ele esperava uma conexão baseada em respeito mútuo e interesse genuíno, não uma em que se sentisse usado como um acessório para ostentar a riqueza do homem.

Sua infatuação inicial diminuiu, substituída por uma sensação de tristeza e decepção. Ele percebeu que havia se deixado levar pelo fascínio do dinheiro e do luxo, perdendo de vista o que realmente importava.

Naquele momento, Aiden confrontou sua própria superficialidade e a insegurança que o havia levado a buscar validação nos braços de alguém rico.

Ele percebeu que merecia mais do que ser tratado como um mero objeto ou um brinquedo, e que não deveria comprometer seu valor próprio por confortos materiais.

Prometeu a si mesmo nunca mais se colocar em tal situação, nunca permitir que alguém o tratasse como algo menos do que a pessoa que ele era. Ele devolveu a pulseira ao homem, pediu desculpas e saiu, deixando-o perplexo.

A experiência com o homem rico desempenhou um papel significativo na decisão de Aiden de se mudar para Nova York quando lhe ofereceram uma posição prestigiosa na filial de Nova York.

Ele viu a mudança como uma chance de recomeçar, de deixar para trás a superficialidade de Los Angeles, encontrar um lugar onde pudesse ser fiel a si mesmo e, talvez, descobrir seu próprio valor.

Ao se estabelecer em sua nova vida em Nova York, Aiden focou em sua carreira e crescimento pessoal.

Ele buscou amizades e relacionamentos genuínos, valorizando bondade, compaixão e interesses compartilhados acima da riqueza material. Encontrou consolo em estar cercado por pessoas que o apreciavam pelo que ele era.

No entanto, em meio à emoção dessa oportunidade única na vida, uma nuvem de melancolia lançava sua sombra sobre o coração de Aiden. A lembrança de Keat persistia nas profundezas de seus pensamentos, lembrando-o do amor potencial que havia perdido e da conexão que ele tolamente deixara escapar.

Aceitar esse emprego em Nova York significaria

cortar qualquer chance de cruzar o caminho de Keat novamente.

Ele estava dividido entre ambição e saudade. Aiden ansiava por sucesso e reconhecimento e pela riqueza e poder que isso traria.

A empresa havia gentilmente lhe dado três semanas para decidir. Antes de conhecer Keat, ele teria precisado de apenas alguns minutos.

Os dias se transformaram em noites insones enquanto Aiden lutava com suas emoções conflitantes.

Ele buscou conselhos de amigos e mentores, cujas opiniões ecoavam em seus ouvidos. Alguns o instavam a aproveitar a oportunidade e traçar um caminho para a prosperidade financeira, enquanto outros o advertiam a não sacrificar o amor pelo fascínio do sucesso material.

Nas profundezas de sua contemplação, Aiden percebeu que esta não era apenas uma decisão sobre sua carreira, mas sobre a pessoa que ele aspirava se tornar.

Ele se permitiria ser definido unicamente pela busca da riqueza, ou escolheria o amor? Naquele momento, ele nem podia chamar aquilo de amor, já que tinha tido apenas um encontro com Keat.

Por fim, após muita reflexão, Aiden fez sua escolha. Com o coração pesado, ele aceitou o emprego em Nova York, reconhecendo que era uma oportunidade que não podia deixar passar.

O fascínio do sucesso financeiro e do crescimento profissional era forte demais para resistir.

Mesmo quando assinou o contrato e se preparou para o terceiro capítulo de sua vida, uma tristeza agridoce o corroía.

A constatação de que nunca mais veria Keat perfurava seu coração, mas seria tolice recusar a incrível oportunidade. Ela poderia nunca mais aparecer, ou poderia não aparecer por muito tempo.

Quando embarcou no avião para Nova York, sua mente se encheu de visões de arranha-céus imponentes e possibilidades infinitas.

Empolgação e um toque de arrependimento eram seus companheiros constantes. Ele tentou se animar com os sonhos de conhecer homens atraentes no que seria seu novo bairro gay, Chelsea.

Ele conheceria caras lindos que o fariam esquecer completamente de Keat.

Claro. Continue tentando se convencer disso. Talvez você comece a acreditar.

Ele se adaptou à vida em Nova York bem rapidamente. Seu minúsculo apartamento em Hollywood era muito diferente do apartamento corporativo. A luz natural preenchia o espaçoso layout.

A parte favorita de Aiden no lugar era o interior moderno e a vista relaxante do rio através das grandes janelas. A vista, embora não tão extensa, também estava disponível no quarto equipado com uma cama kingsize.

Havia muitas galerias, restaurantes e atrações turísticas nas proximidades, então ele poderia se manter ocupado após o horário de trabalho.

Ele também, em uma reviravolta irônica, nos poucos encontros que havia tentado, só conheceu caras que estavam procurando um sugar daddy, alguém para cuidar deles.

Isso realmente mostrou o quão superficial e desprezível ele havia sido. Ele não merecia amor.

Uma das primeiras coisas que ele fez foi tirar uma foto para enviar para seus pais.

Eles não poderiam estar mais orgulhosos dele, disseram. Ele prometeu que os traria para uma visita assim que seu trabalho diminuísse um pouco.

Os dias se transformaram em semanas, e Aiden se jogou no trabalho, mergulhando no mundo acelerado das altas finanças.

Seus dias eram consumidos por reuniões e números, suas noites um borrão de eventos de networking e encontros sociais com clientes. Fazer contatos era parte de seu trabalho, e ele era excelente nisso.

A cidade parecia tê-lo recebido de braços abertos, cumprindo a promessa de sucesso que ele havia imaginado.

As lembranças de Keat permaneciam em sua mente como uma melodia melancólica, tocando suavemente nos recantos de seus pensamentos.

De vez em quando, ele procurava vislumbres de seu rosto nas ruas movimentadas, esperando contra toda esperança por um encontro casual que reacendesse a faísca que uma vez ardeu entre eles.

Nunca aconteceria, mas isso não o impedia de ter esperança.

KEAT

Keat voltou para Los Angeles exausto, tanto física quanto mentalmente.

A batalha implacável contra os incêndios devastadores no norte havia cobrado seu preço, deixando-o com cicatrizes que iam além das queimaduras em seu ombro.

Ao retomar sua rotina no corpo de bombeiros, viu-se confrontado pelos ecos do inferno contra o qual lutara tão bravamente.

A lembrança de sua lesão ressurgiu quando tocou delicadamente o ombro enfaixado. As chamas haviam aumentado inesperadamente, numa súbita explosão de intensidade que o pegou desprevenido.

Em meio ao caos, um galho de árvore em colapso veio abaixo, queimando sua pele e deixando uma dor lancinante que parecia penetrar em sua própria alma.

Seu capitão, reconhecendo o desgaste que o

incêndio lhe causara, insistiu para que tirasse um tempo de folga para se curar e se recuperar.

Keat, sempre o bombeiro estoico e resiliente, inicialmente resistiu. Estava acostumado a suportar a dor, a seguir em frente diante da adversidade. Mas o cansaço e as lesões que sofrera exigiam sua atenção.

Relutantemente, Keat aceitou as ordens de seu capitão e se viu com um tempo livre inesperado em suas mãos. A inquietação o consumia, sua mente ansiando pelo estímulo e propósito que seu trabalho proporcionava.

Ele sabia, no fundo, que essa pausa era necessária, uma chance para seu corpo e espírito se curarem.

Em busca de consolo, Keat se voltou para o único lugar que sempre lhe trouxera alegria, o abrigo de animais local.

Ele sempre fora um defensor dos animais, e a ideia de passar seus dias ajudando os necessitados oferecia um vislumbre de conforto em meio ao tumulto interior.

Seu trabalho voluntário no canil tornou-se seu santuário. Os rabos abanando e os focinhos úmidos o recebiam com puro afeto, seus olhos cheios de uma gratidão silenciosa que tocava seu coração.

Keat se entregou ao trabalho, suas mãos gentis, mas firmes, enquanto cuidava dos animais abandonados e negligenciados.

A presença de Keat no abrigo tornou-se constante. Sua dedicação aos animais era inabalável, sua compaixão brilhando enquanto ele dedicava sua energia ao bem-estar deles.

As rotinas diárias de alimentação, limpeza e demonstração de afeto tornaram-se sua terapia, um bálsamo para sua alma cansada.

Em meio ao agitado canil, havia dois beagles que chamaram a atenção de Keat, um macho e uma fêmea, ambos cheios de energia ilimitada e amor incondicional.

Eles haviam chegado juntos ao abrigo, seus olhos implorando por uma chance de uma vida melhor. E num momento de conexão, Keat soube que poderia proporcionar isso a eles.

A decisão de acolher os beagles trouxe uma alegria profunda à vida de Keat. Suas travessuras brincalhonas e lealdade inabalável encheram seus dias de risos.

Eles se tornaram seus companheiros constantes, oferecendo amor incondicional e lembrando-o dos simples prazeres da vida.

Seu ombro se curou, a dor diminuindo gradualmente. Ele esperava não ficar com cicatrizes. Elas sempre serviriam como um lembrete dos perigos do fogo. Eles tinham acabado de terminar seu turno e estavam atualizando sua unidade de alívio.

Achavam-se fora do alcance do fogo e estavam se despindo quando o galho errante caiu sobre eles.

Dois outros bombeiros tiveram queimaduras piores e tiveram que ser levados para uma unidade de queimados. Ele se considerava sortudo.

Um dia, após um turno particularmente desafiador,

Keat e sua equipe estavam voltando para a estação. Mas, como o destino quis, o tráfego na rodovia ficou completamente parado devido a um grave acidente que acabara de ocorrer à frente.

Sirenes soavam à distância, indicando que a ambulância estava tendo dificuldades para abrir caminho pelas pistas congestionadas.

Keat observou enquanto o pânico e o desespero se espalhavam entre os motoristas e passageiros ao redor.

Então, em meio ao caos, ele notou uma mulher no carro próximo, se debatendo e em óbvia aflição.

Com o rosto contorcido de dor, ela agarrava sua barriga inchada, e Keat imediatamente reconheceu os sinais de uma mulher em trabalho de parto.

Sem hesitar, ele sabia que precisava agir. O treinamento que receberam como bombeiros incluía diferentes cenários, incluindo este.

Ele fez sinal para seus companheiros bombeiros e, juntos, entraram em ação, abrindo caminho através do tráfego de pessoas que haviam abandonado seus carros para chegar ao veículo da mulher.

Ao se aproximar, Keat tentou acalmar a mulher, garantindo-lhe que a ajuda estava a caminho. Mas conforme os minutos passavam e a ambulância ainda não estava à vista, a situação se tornava cada vez mais urgente.

As contrações da mulher estavam ficando mais próximas, e Keat sabia que não podiam esperar mais.

Com uma mão firme que era apertada com medo pela mulher, e um coração cheio de determinação, ele a guiou pelo processo do parto. Ele a manteve focada, instruindo-a a respirar e empurrar suavemente quando necessário.

Enquanto ele proporcionava o melhor atendimento possível nas circunstâncias, os gritos da mulher por seu marido e, comicamente, pela morte, se transformaram em grunhidos determinados até que o choro de um recém-nascido preencheu o ar.

Uma nova vida foi trazida ao mundo com a orientação de Keat. A mulher chorou de alegria, apertando o bebê junto a si, e Keat sentiu uma sensação de admiração pelo milagre do qual acabara de participar, apesar da quantidade de sangue.

Alguém de sua equipe que já tinha sido pai muitas vezes cortou o cordão umbilical, o que foi um alívio para ele. Ele não achava que teria força para fazer a honra.

No entanto, em meio àquele momento triunfante, Keat não percebeu que havia inadvertidamente agravado sua própria lesão no ombro.

O esforço de auxiliar no parto havia cobrado seu preço em seu corpo já enfraquecido. Conforme a adrenalina diminuía, ele sentiu uma dor aguda atravessar seu ombro e soube que havia se machucado ainda mais.

Quando a ambulância finalmente chegou, os paramédicos assumiram, atendendo a nova mãe e seu bebê.

Os companheiros bombeiros de Keat cuidaram dele, sua preocupação evidente em seus olhos. Ele dispensou a preocupação deles, insistindo que estava bem, mas no fundo, sabia que esse incidente era um sinal.

Nos dias que se seguiram, enquanto cuidava da lesão no ombro, Keat chegou a uma decisão difícil.

Ele amava ser bombeiro, mas os eventos das últimas semanas lhe ensinaram que seu corpo e alma precisavam de tempo para se curar.

Ele não podia continuar ignorando o desgaste emocional e físico que o trabalho estava lhe causando.

Com o coração pesado, Keat tomou a dolorosa decisão de reduzir suas atividades como bombeiro. Ele não queria correr o risco de se tornar uma casca vazia do homem que já fora.

O tempo afastado de suas funções como bombeiro permitiu que Keat ganhasse uma nova perspectiva sobre sua vida.

Keat estava sentado no aconchegante ambiente de sua cafeteria favorita, uma xícara fumegante de café forte aquecendo suas mãos. O aroma de café enchia seu nariz enquanto ele ponderava sobre seus sentimentos após ver Aiden.

Uma parte dele ansiava por encontrá-lo, para oferecer-lhe o conforto e a estabilidade que a segurança financeira poderia proporcionar. O coração de Keat transbordava de amor, e ele não queria nada mais do que compartilhar sua riqueza com a pessoa que havia capturado sua alma.

Ele entendia que compartilhar sua riqueza afetaria significativamente o relacionamento deles.

No entanto, o medo de ser visto como um mero benfeitor assombrava seus pensamentos.

Ele queria que Aiden o amasse pelo que ele era, não pelas riquezas que possuía. Keat acreditava que o amor deveria ser baseado em confiança, experiências compartilhadas e intimidade emocional, não em riqueza material.

Precisando de orientação, ele buscou consolo na companhia de seu melhor amigo, Sam. Eles haviam passado por momentos bons e ruins juntos, apoiando um ao outro através dos desafios da vida.

Durante um jantar casual, Keat reuniu coragem para revelar sua riqueza oculta, revelando a verdade que havia guardado tão de perto.

Enquanto Sam ouvia atentamente, uma mistura de surpresa e alegria dançava em seu rosto.

Ele abraçou seu amigo calorosamente, expressando genuína felicidade por sua boa fortuna. Sam reconheceu o dilema que Keat enfrentava, dividido entre seu amor por Aiden e o medo de ser mal compreendido.

— Keat — Sam começou, sua voz cheia de sabedoria incomum para alguém de sua idade —

— Você está fazendo a coisa certa. O amor não deve ser construído apenas sobre alicerces financeiros. Aiden merece conhecer seu coração, se apaixonar pelo homem que você é, não pela riqueza que possui. Se for para ser, acontecerá, meu amigo. Confie na jornada.

Keat assentiu, grato pelo apoio e sábio conselho de Sam. Ele era, na maioria das vezes, um homem de poucas palavras. O peso de sua decisão pareceu mais leve.

Sam era sábio além de seus anos e entendia a relutância em declarar seu status, afirmando que teria feito o mesmo.

As pessoas sairiam da toca assim que descobrissem a riqueza de alguém. Keat contou a Sam sobre o parente que lhe havia deixado a herança muitos anos atrás.

Ele não só havia sido deixado com ações e títulos, mas também com uma saudável carteira de imóveis e contas bancárias.

Sam perguntou por que ele continuava trabalhando quando não tinha necessidade, e a única resposta que ele pôde dar foi que o trabalho lhe dava um senso de propósito.

Keat também confessou que estava pensando em fazer a transição para um cargo de meio período, para desfrutar de sua riqueza, ele disse, especialmente após o incêndio que acabara de presenciar.

Ele também queria ter mais controle sobre seus ativos, aprender mais sobre o lado empresarial das coisas.

Sua cura exigia mais do que apenas força física. Demandava introspecção, autocuidado e acuidade mental.

Ele havia deixado seus negócios para os administradores de dinheiro, mas sentia que era hora de assumir e decidir por si mesmo. Ele teria uma reunião com seus contadores e os informaria de sua decisão.

À medida que se aproximava o dia de retornar ao quartel dos bombeiros, Keat sentiu um renovado senso de propósito.

Seu comandante, embora desapontado, havia entendido sua necessidade de desacelerar. Havia tristeza em saber que ele não estaria mais na linha de frente com seus companheiros bombeiros. Ele valorizava muito esse vínculo.

Ele teve, no entanto, que suportar muitas brincadeiras bem-humoradas de seus colegas.

Um almoço com serviço de buffet para a equipe era fornecido por ele uma vez por semana. Eles apreciavam isso, e ele adorava fazê-lo porque eles eram sua família.

Ele odiava seu novo apelido, "Gato Rico", mas tinha certeza de que se protestasse, ele ficaria. Por experiência passada, sabia que abraçar o humor era frequentemente a melhor defesa, então, em vez de ficar na defensiva ou mostrar irritação, ele fazia piada disso.

Ele brincava com a situação, chamando a si mesmo de "Gato Buffet" e transformando isso em uma diversão.

Sua resposta dissipou a situação e o apelido perdeu sua potência e, eventualmente, tudo o que restou foi afeto. Morreu rapidamente e ele voltou a ser apenas o velho Keat de sempre.

AIDEN

A carreira de Aiden alcançou novos patamares à medida que sua maior conta prosperava sob sua habilidosa administração.

Os números subiam, os lucros aumentavam e rumores sobre seu trabalho notável chegavam aos escalões superiores da empresa.

Ele foi convidado para uma reunião crucial com a figura raramente vista que detinha as chaves de seu sucesso profissional.

A notícia enviou uma descarga de empolgação pelas veias de Aiden. A reunião o ajudaria a assegurar sua posição e ele também voltaria à cidade onde tivera seu coração partido.

A esperança brotou dentro dele, a possibilidade de cruzar caminhos com Keat reacendendo uma chama que nunca havia se apagado completamente.

Quando Aiden embarcou no avião de volta para Los

Angeles, ele sentia uma mistura de antecipação e nervosismo.

O horizonte familiar da cidade o recebeu, despertando memórias de seu passado e do amor incipiente que havia perdido.

Ele estudou diligentemente para a reunião, aprendendo tudo sobre os vastos ativos do homem misterioso que o haviam ajudado a ter sucesso.

A mente de Aiden estava consumida com pensamentos sobre o dono da conta, a impressão que causaria e a chance de se reconectar com Keat.

Ele não podia deixar de se perguntar se o destino lhe concederia uma segunda chance, uma oportunidade de corrigir os erros do passado.

Conforme o dia da reunião se aproximava, a empolgação de Aiden se misturava com frustração. O dono da conta era uma figura poderosa, alguém que raramente fazia aparições pessoais.

O fato de Aiden ter sido escolhido para essa reunião era uma conquista.

A empresa vinha administrando o dinheiro dele por muito tempo e, depois de um tempo, ele era apenas mais um número sem rosto que dependia deles para ser movimentado da maneira correta.

Ele sentia que seu retorno à cidade era triunfal. Ele havia sido hospedado no apartamento corporativo de L.A., desta vez em Century City, entre os muitos arranha-céus cheios de pessoas importantes do show business.

Ele avistara um famoso diretor de cinema quando a

limusine o deixou. Logo depois, pegou o elevador com uma bela atriz loira que era a sensação do momento. Ela parecia estar em todos os filmes que estavam sendo produzidos.

Ele ficou surpreso com sua figura esguia, e ela era muito mais baixa do que ele havia imaginado, apesar dos saltos de quinze centímetros que usava.

Ela usava óculos escuros, mesmo dentro do prédio, como se para se esconder. Ela não deveria se preocupar, pensou ele. Ele tinha coisas mais importantes em mente.

O dia da reunião chegou, e Aiden se viu em uma sala de conferências, com o pulso acelerado e suor nas axilas.

Ele tinha que causar uma boa impressão. Estava bem preparado e pronto para impressionar o dono da conta com sua experiência e planos.

As portas se abriram, e seus olhos se arregalaram de incredulidade. De pé diante dele, exalando uma presença imponente, estava Keat, o homem que ele ansiava encontrar, aquele que havia assombrado seus pensamentos e sonhos.

A mente de Aiden girava, lutando para conciliar a imagem do rico dono da conta com o bombeiro que ele havia conhecido uma vez.

As feições esculpidas de Keat, agora vestido com um terno impecável, falavam de um mundo muito distante do corpo de bombeiros.

As linhas de suas vidas haviam se cruzado mais uma vez, mas desta vez da maneira mais inesperada.

Keat o encarou por apenas um segundo antes de desviar o olhar. Era impossível ler sua expressão e, embora fosse esperado, Aiden havia desejado mais.

A sala zumbia com a energia da reunião, mas o foco de Aiden permanecia unicamente em Keat.

O conhecimento de que o homem que ele estivera procurando todo esse tempo ocupava uma posição de tanto poder e influência o deixou atordoado.

Era como se o destino tivesse orquestrado esse reencontro, guiando seus caminhos para se juntarem mais uma vez.

A reunião prosseguiu, com Aiden dividido entre obrigações profissionais e o turbilhão de emoções que giravam dentro dele.

A atenção de Keat estava fixada em sua apresentação, seu olhar atento e afiado. Mesmo enquanto fazia sua apresentação, sua voz às vezes tremia. Qualquer um que estivesse ouvindo estava certo de seu conhecimento.

Keat fez todas as perguntas certas, não demonstrando nenhum traço de familiaridade. Ele não reconheceu Aiden de forma alguma, o que o deixou arrasado.

Conforme a reunião chegava ao fim, Aiden reuniu coragem para abordar Keat. As palavras saíram tropeçando, uma mistura de espanto e vulnerabilidade.

— Keat, é realmente você? — Aiden perguntou, sua voz carregada de medo e descrença. — Eu tenho procurado por você, esperando te encontrar novamente. Nunca imaginei que você seria o dono da conta.

O olhar de Keat suavizou, um indício de sorriso brincando nos cantos de seus lábios.

— A vida tem uma maneira de nos surpreender, não é? — ele respondeu. Ele estava prestes a dizer algo mais, mas se conteve com um pequeno dar de ombros. Ele não ofereceu nenhuma explicação.

O coração de Aiden disparou enquanto ele absorvia as palavras de Keat. A percepção de que Keat havia sido parte de sua vida o tempo todo, disfarçado sob a aparência de um bem-sucedido magnata dos negócios, o deixou sem fôlego.

Ele pensou nisso como se o universo tivesse conspirado para reuni-los, para dar-lhes uma segunda chance no amor que ambos haviam ansiado.

Ele estava incerto sobre os sentimentos de Keat em relação ao assunto, já que sua expressão e comportamento eram ilegíveis. Falar educadamente com ele o fazia se sentir melhor.

Ele teria merecido qualquer tratamento ruim, sem mencionar que seu emprego poderia ter estado em risco. Ainda estava.

Timidamente, depois de se esgotar, mas ainda cheio de palavras não ditas, ele convidou Keat para um encontro, sua voz suplicante, e ficou extasiado quando a resposta foi sim.

À medida que seu amor florescia novamente, Aiden e Keat prometeram abraçar a segunda chance que lhes fora dada.

Eles entenderam que sua jornada nem sempre seria

fácil, mas estavam determinados a enfrentar os desafios da vida juntos, de mãos dadas.

Durante sua nova felicidade, Aiden refletiu sobre as reviravoltas do destino que o haviam levado a esse momento.

A busca pelo amor o tinha levado a uma jornada de autodescoberta, fazendo-o questionar suas prioridades e o que realmente importava na vida.

E no final, isso o levou de volta a Keat — aquele que havia capturado seu coração na noite fatídica do incêndio.

KEAT & AIDEN

Keat estava na sala de conferências, com o olhar fixo em Aiden, que acabara de se revelar como o gerente de conta. Ele reprimiu seu choque, mas este espelhava o assombro que corria por suas veias.

Como poderia ser que o destino os tivesse unido novamente, desta vez no mundo dos negócios?

A mente de Keat corria, inundada de memórias da noite que compartilharam. Ele havia presumido que Aiden tinha seguido em frente, talvez até encontrado alguém novo. E ainda assim, lá estava ele, diante dele, irradiando sucesso e confiança.

— É bom te ver também, Keat — Aiden disse assim que a apresentação terminou. Keat presumiu que ele agora morasse em Nova York com seu parceiro e disse isso.

O sorriso de Aiden vacilou ligeiramente, um traço de hesitação em seus olhos. — Na verdade, Keat, não há namorado, não há nada — ele confessou, sua voz suavizando.

— *Eu tenho procurado por você, esperando nos reconectar.*

Enquanto o coração de Keat saltava uma batida, um súbito lampejo de esperança se acendeu dentro dele, preenchendo-o com uma sensação de alegria e antecipação. Poderia ser que Aiden nutrisse sentimentos por ele, assim como ele por Aiden?

A percepção de que seus caminhos haviam convergido novamente, desta vez no mundo dos negócios, encheu Keat de uma sensação de maravilha.

— Eu nunca deixei de pensar em você, Keat — Aiden continuou, sua voz cheia de sinceridade. — O pensamento em você nunca saiu da minha mente, mesmo enquanto eu perseguia minha carreira e buscava o sucesso. Meu sonho tolo desapareceu. E agora... — Sua voz se perdeu.

Os olhos de Keat suavizaram, seu coração inchando com uma mistura de emoções. — Aiden, eu também nunca te esqueci — ele confessou, sua voz cheia de uma gentil honestidade. — O ano pode ter passado, mas as memórias daquela noite permaneceram gravadas no meu coração. Fico feliz em ver que você está bem.

Keat e Aiden se sentiram mais próximos ao perceberem seu anseio mútuo. O desejo de preencher as lacunas os tornou vulneráveis, e eles baixaram suas barreiras profissionais.

Eles fizeram planos para se encontrar. Keat ainda

estava apreensivo, mas estava disposto a dar-lhe uma segunda chance.

— Pelo menos agora sei como posso te encontrar — Keat brincou, e isso quebrou o gelo, fazendo Aiden relaxar com alívio, feliz por ver o brilho nos olhos de Keat novamente.

Keat e Aiden puderam se atualizar e compartilhar histórias sobre suas jornadas únicas.

Keat sentiu um senso de orgulho ao saber do sucesso de Aiden no mundo dos negócios e sua determinação em alcançá-lo por conta própria.

Aiden estava bem ciente da magnitude da riqueza oculta de Keat, a herança que lhe fora dada, e os motivos de sua escolha em mantê-la escondida dos outros.

Aiden não pôde deixar de admirar sua integridade e a força de caráter que o havia levado através de triunfos e dificuldades.

Ele poderia facilmente ter revelado sua riqueza uma vez que descobriu o objetivo de Aiden, mas escolheu o caminho mais difícil, mesmo que isso partisse seu coração.

Keat e Aiden tiveram a chance de reconstruir seu relacionamento, percebendo que o amor verdadeiro pode superar qualquer coisa. Considerando as circunstâncias, seria perfeitamente compreensível se Keat levasse algum tempo para se aquecer a ele.

O comportamento passado de Aiden lhe havia causado uma dor genuína, e deixado uma ferida profunda que ele não podia esquecer.

AIDEN

Aiden estava sentado sozinho em seu apartamento em Nova York, as luzes da cidade lançando um suave brilho através das janelas.

O peso de seus pensamentos pesava sobre seus ombros, e ele não conseguia escapar do dilema em que se encontrava.

Descobrir sobre a riqueza substancial de Keat o havia jogado em um turbilhão de emoções, deixando-o dividido e incerto sobre o que fazer a seguir.

A revelação havia destruído a confiança de Aiden em expressar seus sentimentos para Keat.

Ele temia que sua confissão de amor fosse mal interpretada como uma tentativa de ficar com Keat por seu dinheiro.

Apesar de suas emoções genuínas por Keat, Aiden não podia deixar de sentir que sua potencial conexão estava manchada pelo conhecimento da riqueza de Keat.

Nas semanas desde que descobriu a verdade, Aiden vinha tentando reunir coragem para falar com Keat, mesmo enquanto compartilhavam drinks.

Ele queria explicar seus sentimentos, assegurar a Keat que suas emoções eram sinceras e que não era motivado por ganhos materiais. Não mais.

Mas, toda vez que pensava na conversa, o medo e a dúvida o seguravam.

Ele havia pegado seu telefone várias vezes, seus polegares pairando sobre as teclas, compondo mensagens que nunca enviou. Era uma constante queda de braço entre seu coração e sua mente.

Aiden sabia que precisava agir, mas o medo da rejeição e do mal-entendido o paralisava.

Foi com um coração relutante que ele voltou para Nova York, depois de estender o que deveria ter sido uma reunião de fim de semana para duas semanas completas, com cada noite sendo um encontro com Keat.

Ele manteve suas emoções para si mesmo, deixando seus sentimentos ainda não declarados. A intensidade de sua vergonha tornava impossível para ele se abrir e compartilhar seus pensamentos.

Para se distrair, Aiden se jogou no trabalho. A agitada cidade de Nova York oferecia oportunidades infinitas.

Os elogios e o reconhecimento chegavam, mas falhavam em trazer a mesma alegria que uma vez trouxeram.

Sua mente estava consumida por pensamentos

sobre Keat e a oportunidade perdida que ele tinha estragado mais uma vez.

Uma noite, Aiden vagou pelo Central Park, buscando consolo em meio à beleza silenciosa da natureza.

Ele se sentou em um banco, observando as estrelas cintilarem no céu noturno, e permitiu-se ser vulnerável com suas próprias emoções.

— Eu o amo — Aiden sussurrou ao vento, sua voz mal audível. — Mas como posso dizer isso a ele agora? Como ele pode acreditar em mim agora, quando ele sabe que eu vi sua riqueza?

As estrelas acima não ofereciam respostas, e Aiden sabia que apenas ele tinha que enfrentar suas dúvidas.

O medo da rejeição era forte, mas o medo do arrependimento era ainda mais forte. Ele não poderia viver consigo mesmo se não tentasse ao menos expressar seus sentimentos.

No dia seguinte, Aiden finalmente reuniu coragem para ligar para Keat. Ele ansiava por encontrá-lo, expor seu coração e ter uma conversa pessoal.

Sabendo que o resultado poderia não ser a seu favor, ele estava ciente disso.

Keat atendeu a ligação, sua voz calorosa chegando aos ouvidos de Aiden como um bálsamo para sua alma.

Eles concordaram em se encontrar em um café pitoresco, o lugar que haviam visitado uma vez juntos, onde seus corações haviam dançado ao ritmo do riso e dos sonhos compartilhados.

Aiden fez a viagem mais uma vez, de volta à cidade

dos anjos, seus pensamentos oscilando entre o êxtase que ocorreria se Keat concordasse em recomeçar, ou a decepção esmagadora, se ele rejeitasse sua declaração de amor.

Honestidade e vulnerabilidade são cruciais para qualquer relacionamento, Aiden pensou enquanto esperava nervosamente no café.

Depois de respirar fundo, ele fez um voto de permanecer fiel a si mesmo, independentemente de como Keat pudesse reagir às suas palavras ou ações.

Quando Keat entrou, o coração de Aiden saltou uma batida. O amor que ele tinha por esse homem era real, e ele não podia deixar o medo da riqueza de Keat impedir de expressá-lo.

— Keat — Aiden disse, sua voz firme, mas cheia de emoção — há algo que preciso te dizer. Isso tem pesado na minha mente por semanas agora, e não posso mais guardar para mim.

Keat olhou para ele, seus olhos escuros cheios de curiosidade e calor. — O que é, Aiden? — ele perguntou, sua voz gentil e encorajadora.

Respirando fundo, Aiden falou do fundo do seu coração. — Eu te amo, Keat. Eu te amava antes de saber sobre sua riqueza, e ainda te amo agora. Entendo se você tiver dúvidas ou preocupações, mas quero que saiba que meus sentimentos são genuínos. O dinheiro não define o amor que tenho por você.

O silêncio pairou no ar enquanto Keat absorvia as palavras de Aiden. Uma mistura de emoções passou pelo seu rosto, e Aiden prendeu a respiração, esperando por uma resposta.

Finalmente, um suave sorriso surgiu nos lábios de Keat, e ele estendeu a mão através da mesa, pegando a mão de Aiden na sua.

— Aiden, eu aprecio sua honestidade. Eu suspeitava desde o início como você se sentia, mas você tinha que escolher e chegar à conclusão por si mesmo — O alívio inundou Aiden, e lágrimas brotaram em seus olhos.

Naquele momento, ele soube que o amor deles era construído sobre uma base mais forte do que quaisquer bens materiais. Era construído na confiança, vulnerabilidade e no vínculo inabalável.

Enquanto estavam sentados ali, de mãos dadas, o peso da dúvida se ergueu de seus corações.

Aiden percebeu que o amor poderia conquistar as fronteiras da riqueza e da insegurança. Com Keat ao seu lado, ele havia encontrado um amor que envolvia todo o seu ser.

KEAT & AIDEN

Quando fizeram amor pela primeira vez, ambos ficaram atônitos com a completa devoção que sentiam um pelo outro.

Aconteceu sem preparação depois que eles ficaram se rodeando, especialmente Keat, que ainda tinha pequenas dúvidas.

Uma tarde, Aiden tinha vindo visitá-lo. Keat havia cozinhado para ambos, algo que ele frequentemente fazia na estação de bombeiros onde eles se revezavam.

Após o farto almoço, eles se dirigiram para a pequena varanda. Enquanto demoravam-se sobre o chá preparado, Aiden não pôde deixar de provocar.

— Que próprio. O que vem a seguir? Biscoitos como os da rainha?

— Engraçado você dizer isso. Eu estava prestes a pegar alguns biscoitos. Eu tenho, sabia? — Ele piscou enquanto desaparecia na cozinha.

Aiden o seguiu, não acreditando nele, seus lábios

curvados em um sorriso desdenhoso enquanto esperava que Keat brandisse um pacote de cookies.

Ele quase engoliu a língua quando Keat, com um olhar triunfante, tirou alguns biscoitos ingleses legítimos, e dos chiques.

Erguendo-os como se segurasse um bebê, ele proclamou: — Contemplem. A mesma marca que serve à família real.

— Me declaro castigado. — Ele estendeu a mão para o pacote, mas Keat reagiu mais rápido que ele com uma risada.

— Não sei se você merece isso agora. — Ele escondeu os biscoitos atrás das costas enquanto Aiden tentava alcançá-los.

A proximidade entre eles acendeu o calor torturante entre eles. Com a respiração suspensa, Aiden colocou a mão no rosto de Keat e traçou seus dedos sobre os lábios que vinham atormentando seus sonhos por tanto tempo.

Keat respondeu com entusiasmo, esfregando-se contra o corpo de Aiden, cada um sentindo a ereção do outro.

O som dos biscoitos atingindo o chão foi um baque suave que ecoou no cômodo.

Ele se inclinou e beijou Aiden com cuidado, saboreando a doçura de seus lábios. Ele permitiu que suas mãos vagassem por todo o seu corpo, explorando cada curva e centímetro de sua pele.

Aiden também não ficou para trás, respondendo da

mesma forma, suas próprias mãos sentindo os músculos rígidos de Keat.

Ele então correu as pontas dos dedos pelas costas de Keat, que estremeceu enquanto arrepios surgiam em resposta.

Ele capturou aqueles lábios deliciosos novamente, sua língua explorando profundamente sua boca.

À medida que a paixão de Keat crescia, sua resposta se fortaleceu de um gemido suave para uma expressão de prazer mais alta e intensa.

Keat puxou Aiden para o chão com as mãos ainda dentro de seu jeans e apertando seu traseiro firme. Ele deitou-se ao lado dele e mais uma vez buscou sua boca.

Ele gostou de ver o olhar de puro desejo nos olhos de Aiden. Aquilo não era falso. Seu corpo se moveu sobre Aiden, suas peles deslizando uma contra a outra em um abraço gentil.

Uma breve pausa, então, olhando profundamente em seus olhos, transmitiu todo o seu amor e admiração.

Aiden lutou com o zíper, querendo liberar seu pau do confinamento de suas calças.

Uma vez livre, ele pegou a mão de Keat e a colocou em seu pênis já rígido, coberto de pré-gozo. Ele sentiu como se seu coração pudesse explodir de tão rápido que estava batendo.

— Você é tão bom — ele gemeu enquanto se permitia se render com cada fibra de seu ser ao toque áspero e bem-vindo da mão de Keat enquanto fodiam sua palma.

A outra mão de Keat estava ocupada se livrando de seus jeans enquanto seu pau se esforçava contra sua cueca, que parecia esticada ao limite.

Quando ambos estavam nus, eles se deleitaram em descobrir seus corpos enquanto se esfregavam.

Finalmente, Aiden se virou de cabeça para baixo para que seus paus estivessem na boca um do outro. Cada nervo em seu corpo formigava enquanto ele alegremente enchia sua boca de pau.

Seu próprio pênis estava envolto na boca de Keat e ele ouviu os gemidos escapando de ambos enquanto se acomodavam para uma boa chupada dupla profunda, seus corpos entrelaçados.

Ele se movia em um ritmo lento às vezes enquanto chupava e puxava as bolas que pendiam baixo do pau grosso de Keat, que perfurava sua garganta, aproveitando cada sensação de seu corpo contra o dele. Os gemidos ficaram mais altos, e ele sentiu uma profunda satisfação.

Seu clímax veio como um tornado, e Keat o seguiu logo depois, seus corpos tremendo nas consequências de seu encontro apaixonado.

Eles ficaram deitados juntos depois, um abraço gentil mantendo-os próximos.

O silêncio entre eles era abençoado, cada um contente em ficar assim para sempre.

— Eu também te amo — Keat sussurrou no ouvido de Aiden, todos os traços de dúvida obliterados.

EPÍLOGO

CINCO ANOS DEPOIS

Aiden observava de seu escritório com uma vista grandiosa do lago e suspirou contente. Seu coração estava cheio de uma alegria infinita.

Apesar de seu desejo egoísta original, a vida tinha sido gentil com ele e ele sempre seria grato pela vida gloriosa com a qual fora recompensado.

Ele observava enquanto Keat jogava um graveto e os cachorros alegremente o perseguiam até a beira do lago. Mouse, sua pequena chihuahua, se abstinha de chegar muito perto da água, que sempre a deixava nervosa.

Os outros quatro destemidos estavam molhados, e ele sabia que a tarefa de secá-los antes que entrassem em casa cabia a ele.

Keat havia abandonado suas funções de bombeiro, exceto como voluntário, e em um corpo de bombeiros diferente próximo a eles.

Eles haviam se mudado de Los Angeles para viver na grande propriedade de Keat no norte.

Eles tinham uma vida social ativa, frequentando espetáculos e apreciando museus de arte.

Mantinham-se ocupados com seu trabalho voluntário no abrigo de cães nas proximidades e adoravam especialmente passar tempo com os cinco cães que haviam resgatado.

Os dois primeiros beagles Keat adotou depois de cuidar deles por alguns meses.

Depois veio uma jovem vira-lata cinza e branca e seu filhote da mesma ninhada, preto e branco como um tabuleiro de xadrez.

A última foi Mouse e Aiden bateu o pé.

Cinco era o limite absoluto, ele insistiu, mesmo sabendo que se outro se conectasse com eles em um nível profundo, eles teriam mais com prazer.

A possibilidade de serem responsáveis por seu próprio abrigo ocorria a ele com frequência. Eles eram acompanhados na cama todas as noites por seus companheiros caninos que desfrutavam de noites tranquilas enquanto eles sempre tinham que lutar por espaço.

Graças a Deus, eles tinham uma cama king size especialmente projetada que mal os continha, já que os cães adoravam se esparramar. Eles não gostariam que fosse de outra forma, no entanto.

Aiden estava feliz com as horas reduzidas de Keat trabalhando como bombeiro. Os longos anos haviam cobrado seu preço em seu corpo, e embora ele nunca reclamasse, ainda experimentava acessos de dor no ombro. Massagens ajudavam.

Aiden, agora o gerente de contas-chave da vasta fortuna de Keat, a havia transformado em um colosso uma vez que lhe deram rédea solta. Ele gostava dos desafios e de ver a fortuna crescer.

Ele também prestava consultoria, orientando outros e ganhava um dinheiro substancial com isso também.

Ele sorriu agora com a lembrança do casamento deles, que havia acontecido na propriedade.

Tinha sido uma festa fantástica com a presença da maioria da antiga equipe de Keat, Phil e, é claro, Sam e sua família.

Os amigos de Aiden também estavam lá, incluindo seu chefe imediato que o havia recomendado para o trabalho em Nova York e alguns outros amigos do trabalho.

Sua promessa de trazer seus pais para visitá-lo na Califórnia foi cumprida com passagens de primeira classe. Sua mãe chorou sem vergonha ao vê-lo, feliz por ele estar em um bom lugar.

Eles amavam Keat como um filho e o tratavam como tal. Eles também moravam em uma casa nova em folha, totalmente paga por Aiden. O mercado imobiliário na região deles sendo muito razoável.

Ele sorriu radiante ao se lembrar de um dos amigos de Keat recordando sua ida ao quartel dos bombeiros quando estava procurando por Keat. A melhor parte foi que o próprio Keat ouviu a conversa e ficou encantado em ouvi-la.

— Você realmente me procurou — ele disse feliz enquanto plantava um beijo longo e profundo nele, o que fez com que todos aplaudissem, com gritos de "arrumem um quarto!"

Todos assistiram eles trocarem votos sob o salgueiro perto do pequeno lago que cortava a propriedade.

Keat havia mencionado que talvez o fogo tivesse saltado o lago e isso foi o que salvou a casa deles do terrível destino de outras nas proximidades.

Um céu azul sem nuvens era iluminado pelo sol brilhante. O salgueiro estava envolto em seda branca e flores, com cada pétala vibrante, colorida e cheia de vida.

Os convidados estavam vestidos casualmente. Havia muitos sorrisos e risadas enquanto eles se misturavam confortavelmente.

No centro de tudo, Aiden e Keat, vestidos com smokings combinando, tinham sorrisos fixos nos olhos. Eles deram as mãos enquanto trocavam seus votos sinceros.

Sua mãe olhando com uma lágrima no olho enquanto segurava o braço do marido.

De vez em quando, os cães faziam barulhos impacientes. Eles não conseguiam entender por que ninguém estava brincando com eles com tantas pessoas por perto, mas se comportavam bem.

Logo após a troca de votos e alianças de ouro, a primeira de muitas garrafas de champanhe foi estourada e servida, o estouro da rolha e o aroma do licor flutuavam na leve brisa.

Para as crianças mais novas dos convidados, havia muitos refrescos e comidas adequadas para crianças.

Todos se espremeram nos bancos do parque e comeram com vontade, desfrutando do banquete que havia sido preparado para eles.

As crianças dos convidados corriam em círculos, e suas risadas ecoavam pelas árvores ao redor.

O riso dos amigos e o tilintar dos copos enchiam o

ar. Os cães latiam, contagiados pela empolgação enquanto as crianças finalmente brincavam com eles.

Quando todos estavam satisfeitos e contentes, a banda começou a tocar e a dança teve início. À medida que a noite caía, os recém-casados lideraram a multidão em uma conga, celebrando alegremente sua união.

A música continuou até o nascer do sol, e foi um dia perfeito para Keat e Aiden, exatamente como haviam sonhado.

Ele teve um flashback do seu primeiro encontro com Keat. Tudo havia começado com aquele incêndio que ele acidentalmente provocara. Sua vida inteira mudara a partir daquele momento.

Ele estava feliz que sua tentativa de dispensar Keat tivesse falhado, porque não estaria onde estava agora. Sua visão superficial da vida há muito havia sido destruída.

Aiden estava maravilhado que o universo o tivesse perdoado e lhe dado tudo o que queria, incluindo o homem dos seus sonhos e sua fortuna.

O relacionamento deles só ficou mais forte com o passar dos anos. Enquanto ele estava imerso em seus pensamentos, os cães começaram a choramingar insistentemente, o que interrompeu seu raciocínio e sinalizou que desejavam entrar.

O som da voz de Keat era tão poderoso que reverberava por todo o abismo.

— É sua vez de assumir o dever de secá-los desta vez.

Ao entrar, ele deixou os cães do lado de fora e um alívio palpável podia ser ouvido em sua voz porque sua parte estava feita.

— Já vou, querido — ele respondeu, caminhando lentamente em direção à porta, toalhas em mãos.

Às vezes, a vida te dá o que você precisa, não o que você quer.

OBRIGADO

Obrigado!

Espero que este livro tenha sido uma leitura agradável. Se você gostou, adoraria que deixasse uma resenha na sua plataforma favorita. Basta clicar no link de resenha desse site.

Isso realmente ajuda muitos autores e editoras independentes que não têm os recursos das grandes editoras.

O algoritmo garante que o livro seja mostrado para outras pessoas que possam estar procurando pela mesma coisa.

Mais uma vez, obrigado,

Hayden

https://haydentemplar.com

TAMBÉM POR HAYDEN

Será que Matteo é quem toca todas as notas certas com o astro do rock Bash?

Bash tem desfrutado dos holofotes da fama por grande parte de sua vida. No entanto, em meio ao reconhecimento global, seu desejo mais profundo permanece insatisfeito – encontrar um parceiro genuíno para compartilhar sua jornada.

Quando as cortinas se fecham em sua turnê mundial, Bash decide ficar na Espanha para um descanso muito necessário.

Em Madrid, ele encontra inesperadamente Matteo, o lindo espanhol designado para protegê-lo. Juntos, eles devem navegar pelas complexidades da identidade oculta de Bash e embarcar em uma busca por um amor autêntico enquanto sua amizade evolui.

Será que eles triunfarão sobre os desafios do segredo e Bash descobrirá o amor pelo qual ansiava, ou seu desejo de proteger sua reputação pública os condenará?

Você não deveria se apaixonar pelo cara do rebote, deveria?

Depois de ser abandonado pelo meu namorado de longa data, eu estava cansado do amor aos trinta e sete anos. Fui para um resort na Flórida com a intenção de lamber minhas feridas. Era para ser apenas uma fuga. Uma fuga para superar meu antigo amor, mas de alguma forma, isso acabou abalando todo o meu mundo quando me vi apaixonado pelo cara do rebote.

Quando meu ex aparece no mesmo lugar, o sexy e atraente Lance se torna meu parceiro para provocar meu ex, mas não demora muito para que ele invada todos os meus pensamentos. Eu estava pronto para esse romance gay maduro?

Poderia o falso cara do rebote se tornar o amor da minha vida em tão pouco tempo?

SOBRE O AUTOR

Hayden Templar é um autor emergente de romances gays. Seu forte são livros de romances curtos e quentes, e é nisso que ele se concentrará.

Quando não está escrevendo, ele gosta de fotografia, filmes, sonhar acordado em se tornar um autor best-seller e brincar com seus dois cães resgatados. Ele mora na Filadélfia.

Ele adoraria ouvir de você. Entre em contato com ele através de seu site ou nas redes sociais.